三民叢刊176

兩極紀實

位夢華　著

三民書局印行

橋說（代序）

小的時候，村頭有一座石橋。現在想來，那實在只是一座小橋。但在那時，卻是能見到的最為宏偉的建築。有一天，忽然心血來潮，想去釣魚。便找來一根針，在火卜燒紅以後，往桌子上一杵，彎出一個勾來，用一根蘆葦做杆，抓一個蒼蠅為餌，坐在橋上，垂了下去。等了半天，不見動靜，正在著急之際，忽覺一動，用力一甩，有條小魚離開了水面。但因用力過猛，小魚從橋這面飛到了橋那面，落進水裡，揚長而去。結果，我的全部努力，只不過是讓那條小魚坐了一趟飛機。而那時候，我雖然坐在橋上，但還並不知道橋梁的真正含義。

人生的際遇是難以預測的。我雖然因為喜歡遊山玩水，所以幹上了地質這一行，但是以前做夢也沒有想到，自己還會跑到兩極。一九八二年，當我在南極走下飛機時，立刻被那冰雪的純潔和天地的氣勢所折服，從此一發而不可收，一去南極，五進北極，與巨浪抗爭，與風雪搏擊，終於到達了北極點，將那曲曲折折的足跡，從地球的底部一直延伸到了頂端，在茫茫大地上，留下了一條無形的印記。

人類雖然已近五十億，但有幸能到南極或北極者卻是稀如晨星，寥寥無幾。而能到過兩極者，就更少了，真是滄海一粟，屈指可數。當然，要去兩極，絕非一件輕鬆的事。每次出發之前，總要留下遺囑。幸運的是，這些遺囑均未派上用場，反倒成為玩笑的話題。大難不死，必有後福。現在坐在家裡，冷眼觀天，俯首度日，三飽兩倒，不慮凍餒，偶有閑心，翻翻日記，往事如新，歷歷在目，連那時的苦難，也都變成了甜蜜的回憶，雖無萬貫家財，卻有一筆不小的精神財富，所謂後福，大約就是如此吧。

愛斯基摩人與外部世界，在觀念上有個明顯的不同，就是，我們喜歡攫為己有，他們卻喜歡共同分享。現在，我也希望能像愛斯基摩人那樣，將自己的這筆精神財富貢獻出來，與那些無緣親到南極和北極的朋友們，共同探討兩極的感受和思索，一起分享兩極的純潔與美麗。果能如此，此生足矣。

人生有時會突然頓悟。在跑遍了地球之後，我才真正體會到了橋梁的含義。是的，人類是需要各種各樣的橋梁的，空間上的橋梁，時間上的橋梁，文化上的橋梁，知識上的橋梁，觀念上的橋梁，感情上的橋梁等等。橋梁愈多，愈容易溝通；橋梁愈多，愈容易理解；橋梁愈多，對抗愈少；橋梁愈多，人類社會就會愈和諧。例如，我之所以能從東半球飛到西半球，南半球飛到北半球，靠的就是空中的橋梁。而與此同時，卻也架起了其他的橋梁，例如南極與北極的溝通，東方與西方的對比，我對外部世界的思索，中國人與愛斯基摩人的聯繫等等。因此，從某種意義上來說，人的一生其實就是在橋梁上度過的，在通過橋梁的同時，也在構築著橋梁的根基。

就在這走南闖北，東跑西顛當中，我又染上了一個怪毛病，就是無論走到哪裡，總想寫點東西。於是又架起了另外一座橋梁，那就是我和讀者之間的橋梁。而且，還愈架愈寬，愈延愈長。現在，終於獲得了一個難得的機會，又將這座橋梁延伸到了海峽彼岸。然而，不幸的是，就在即將落成之際，促成此事的梅新先生卻溘然去逝。

我是通過在美國的朋友曾永莉(Sirley Tseng)小姐的介紹，才與梅新先生取得了聯繫，當時聽說，《中央日報》新改版的「大千世界」需各類稿件，永莉小姐便推薦我來應試。我深知自己學淺才疏，不敢奢望。沒有想到，竟有三篇拙文相繼在副刊上刊出。於是得寸進尺，毛遂自薦，又將拙稿數篇寄上請教。後經梅新先生舉薦，遂得三民書局力助，於是有兩本拙作，《兩極紀實》和《天涯縱橫》，即將問世。

吃水不忘打井人。我一直盼望著，有那麼一天，能有機會向梅新先生當面致意。然而，天有不測風雲，人有旦夕禍福，忽從書局主編的信中獲悉，先生已於去年十月十日與世長辭。

震驚之餘，深感痛惜，見面的事，也就只好等到黃泉之下了。後來，從永莉小姐寄來的報紙得知，梅新先生只不過大我三歲，卻如此匆匆，離別人世，獨到天堂去享清福。痛定思痛之餘，總想做點什麼，忽又想起了那點稿費，如果還有的話，斗膽拜託書局主編，替我買上一束鮮花，若有剩餘，再買上一點祭品，待兩本小冊子出版之後，一併獻於先生墓前，以此來表達我，一個相知何必曾相識的朋友，對他的深切懷念和無限哀思。

人生如夢，來去匆匆，感慨繫之，忽又想到了橋梁的事。其實，無論願意與否，每個人的面前，都還有兩座橋梁是必須要走的，一座通向天堂，一座通向地獄，至於要走哪一座，不僅要看自己的造化，還得取決於上帝的意志。當然，像梅新先生這樣的好人，肯定是到天堂上去了。至於鄙人，如果有幸能夠擠進去的話，一定要和梅新先生好好地聚一聚。

是為序。

一九九八年二月二十五日

兩極紀實　目次

北極紀實

南極紀實

生死牌

人在一生中總會有一些特殊的日子存放在自己的記憶裡，是無論如何也難以忘懷的。第一個自然是生日，雖然人們在呱呱墜地時還不知道這一天的重要，但隨著年齡的增長，就會愈來愈體會到這一天的含義，這是一生的開端，也是生命的開始，沒有它，以後的酸甜苦辣，悲歡離合，都無從談起。其他例如考上大學，有了工作，喬遷新居，結婚生子，當了大官，或者事業取得了突出的成績等。當然，倒了大霉的那一天也是一種特殊的日子，同樣難以忘懷，只不過人們往往採取鴕鳥式的態度，將它們深深地埋藏在記憶裡，不到萬不得已，很少願意提起。最後一個特殊日子，那就是死，這是一生的終結，自己的記憶從此便不復存在了，至於是否值得紀念，則完全是別人的事。

一九八二年十月二十五日，對我來說，就是一個極其特殊的日子，因為這一天不僅是我四十二歲生日，而且就在這一天，我終於實現了自己的夙願，完成了向南極大陸的最後衝刺。

早晨五點，正在睡夢之中，突然被一陣刺耳的鬧鈴所警醒，我和美國學生傑克不約而同地從床上跳起來，匆匆地梳洗用餐，整理行裝，心情略略有點激動。這是去往南極的最後一站，很快就要到達終點了。

六點多鐘來到紐西蘭南島城市克賴斯特徹奇國際機場，美國國家科學基金會在這裡設有一個辦公室，專門負責轉運從美國去往南極的人員和物資。在一個倉庫裡，我們每人領到了一套南極裝備，紅大衣，黑褲子，白膠鞋，厚厚實實，臃臃腫腫，穿上以後，體重驟增，腳上就像綁上了沙袋，走起路來只能慢條斯理，一點也心急不得。

正在這時，辦公室的懷特先生把我們叫了過去，鄭重其事地發給我們每人一長一短，套在一起的兩根項鍊，每根上都穿著一個精製的金屬牌子。兩個牌子完全一樣，上面除了刻有佩戴者的名字之外，還有NSF三個大寫字母，那是國家科學基金會的縮寫。然後笑著說：「這都是用特殊鋼材做成的，不怕燒，也不怕撞擊，是為了預防萬一的。因為如果飛機出了事，或者有人掉到冰窟窿裡，屍體可能被燒焦，腦袋可能被摔爛，弄得面目全非，無法辨認，則只能根據每人身上的牌子來驗明正身。到時候，清理現場的人就會把短鍊子上的牌子取下來，交給家屬，你們的親人就可以對號入坐，按照牌子上的名字，準確地找到你們的屍體。」聽到這裡，大家都哈哈大笑起來，我於是便把這兩塊牌子叫做「生死牌」。接著，我們每人還簽署了一個聲明，指定死後要由誰來處理後事，並留下了詳細的電話和地址。一切都辦妥之後，我便把生死牌小心翼翼地掛在自己的脖子上，這時，我突然想到，也許應該寫一點像遺囑之類的東西。

人總有一死，也只有一死，但想到死卻不知會有多少次，例如，生病的時候會想到死，痛苦的時候會想到死，困難的時候會想到死，危險的時候會想到死，憤怒的時候會想到死，失望的時候會想到死，遭到挫折的時候會想到死，蒙受冤屈的時候會想到死，甚至在看到別人死了的時候，也會想到自己的死。總之，在生命的全部過程中，時時刻刻都籠罩著死的陰影。但是，真到要死的時候，卻大凡又要想到身後的事，例如，有錢者會想到遺產的分配，當權者會想到權力的轉移，祖傳絕技者會想到技藝的傳授，祕聞擁有者會想到是否要把祕聞公諸於世。對於他們來說，寫好遺囑是絕對必要的，否則的話，將或者因為錢財和權勢的爭奪而引起天下大亂，或者因為絕技和祕聞的失傳而造成千古憾事。但對芸芸眾生來說，問題就沒有那麼嚴重了，儘管他們在臨死的時候，如果還有機會的話，也要說上幾句心中鬱積已久的話，以表示對於生的留戀和死的無奈，但因既無萬貫家財或顯赫權勢可以傳世，也無祖傳絕技或宮廷祕聞可以告人，所以遺囑與否實在是無關緊要的。仔細回想起來，我之想到死也已經不知有多少次了，有時還想得相當認真，甚至躍躍欲試，但真正想到寫點遺囑這卻還是第一次。也許因為從前是光棍一條，無牽無掛，既無財產可遺，也無親人可囑，即便死了，於他人無礙，自己也完全可以瞑目。現在的情況略有不同，雖然財產破破爛爛，不值幾文錢，但老婆孩子俱全，感情還是有的。而且兒子尚小，正需照顧，如果我死了，對他們來說，無疑是一件傷心而麻煩的事。於是，考慮再三，決心還是寫上幾句。然而，想了半天，又覺得沒有什麼話可說，充其量只能是：如果我死了，希望妻子孩子和其他親人能盡快地把我忘記，面對現實，面對未來，努力去開創自己新的生活。因為我想，一人死去，眾人痛哭，何故？感情所致也。但若冷靜地想一想呢，這對死者毫無意義，而對生者卻是一種折磨，這正如在戰場上一樣，當戰友犧牲了的時候，與其抱著屍體痛哭，還不如端起槍來去衝鋒。

十點差五分，我們終於登上了去南極的飛機。這是一架美國海軍C-130巨型大力神運輸機，可以運載好幾輛坦克。當然，去南極是用不著攜帶坦克的。至少到目前為止，坦克在南極還是英雄無用武之地。令人不解的是，機艙的前部和中部都沒有窗口，只在尾部有幾個小窗戶，好像專門為坦克設計的。除了機組人員之外，乘客寥寥無幾，空空蕩蕩，黑咕隆咚，就像是坐在一口大棺材裡。

飛機在跑道上慢慢滑行了很久很久，一直得不到起飛的命令。後來，機組人員通知說，因為南極的風太大，所以必須把起飛的時間往後推遲，這在機艙裡引起了一陣喧譁和騷動，但很快又恢復了平靜。大家都在沈默著，只有嗡嗡的馬達聲更增添了幾分憂慮。在這種沈悶的環境裡，我不由自主地伸手去摸了摸胸口的生死牌，卻忽然又想到了死。記得小時候，我們那裡死了人，如果有錢的話，總要租一個像轎子一樣但比轎子大得多的東西，叫做喪輿，把棺材放進去，從家裡一直抬到墳地。喪輿兩側沒有窗戶，因為死人用不著往外張望，但卻有些格子，上面或者繪畫，或者寫有八仙論死的詩句。別人的詩也許因為過於艱深而讀不懂，或者雖然讀懂了，也早已忘記，只有李鐵拐的詩卻仍能朗朗成誦，至今還記得清清楚楚：

來時歡喜去時悲，
空在人間走一回。
不如不來也不去，
也無歡喜也無悲。

啊，南極！

十一點差五分，飛機終於離開了地面，開始了南極之行最後的航程。古人云，百步行，九十則半。這說明任何過程到最後的時刻都是非常關鍵的，正如百米賽跑的最後衝刺一樣，心中未免有點忐忑不安。

升空之後，便徑直往南飛去。這是我平生第一次乘軍用飛機，而且又是美國的軍用飛機，所以很不習慣。實在憋悶得不行，便摸索著走到後艙，透過一個小小的舷窗往外張望，只見藍天、白雲、大海、孤島，組成了一個無限廣闊的空間和緩緩旋轉著的世界。看著這些奇妙的景觀，精神為之一振，心胸頓覺開闊，先前的憋悶之感也就煙消雲散了，於是流連忘返，再也不願回到前艙的黑暗中去。但時間一久，不僅兩眼發酸，轉動困難，而且兩腿也變得僵直，有點支撐不下去了。也就只好回到原來的座位上，躺下去，閉上眼睛，休息一下。只覺得那機身有時顫抖，有時起伏，有時傾斜，有時還微微哆嗦起來，似乎是前途未卜，行程維艱，正在摸索著前進。而躺在條椅上的我，也就隨著飛機晃晃悠悠，像是躺在搖籃裡似的，漸漸地迷迷糊糊，不知不覺進入了夢鄉。

一覺醒來，趕緊看錶，已是三點多了，翻身跳下，直奔窗口，往外一看，形勢大變，飛機下面那無窮無盡的蔚藍的大洋早已消逝得無影無蹤，而為一片白色茫茫所代替，那是凝固的冰原。極目遠望，在地平線上，有一片隆起正向這邊迎來，那就是南極大陸。仔細看去，那大陸上既沒有綠色的原野，也沒有黑色的土地，而是潔白一片，晶瑩閃亮，透明一般，那就是冰川。漸漸地，冰川移至腳下，可以辨明那流展的花紋，從內陸往外，一直深入大海。冰川之上，偶爾可見幾條黑色的條帶，筆直地延伸開去，以至於無窮。等飛機降低了高度才看得清楚，那原來是一條條的冰縫，張著大口，像無底的深淵，隨時準備吞掉一切似的。忽然，有一條閃閃發光的條帶，徐徐移至飛機之下，彎彎曲曲，蜿蜒而去，那分明是一條河流。但我接著又發生了懷疑，在這塊由僵硬的冰川統治著一切的世界裡，怎麼能容得下一條活潑的小溪隨意流淌呢？

在這之前，我常常以為，隨著年齡的增長，惰性也就愈來愈大，少年時的好奇和青年時的衝動都已從身上漸漸消失，不復存在了。生活的重擔壓上了，背便開始彎曲；身體漸漸濃縮了，臉上有了皺紋；思想變得複雜了，頭髮日漸減少；閱歷逐漸增多了，感情也就愈來愈淡漠。總之，生活無非如此，日復一日，年復一年，昏昏然，混混然，一切都變得循規蹈矩，一切都變得平淡無奇，似乎再也不會有什麼事情能使自己格外振奮，重新激發出少年時代那種特有的歡樂和青年時代那種滿腔的激情。然而大出意料之外的是，當我看到南極這種罕見的奇異景觀時，卻忽然心情激動起來，變得大為年輕甚至返老還童，以至於不能自制地大聲喊叫起來：「啊，南極！南極！」結果把同機的美國佬們嚇了一跳。他們不懂中文，不知道我在喊叫什麼，趕緊跑過來看，還以為出了什麼事。當他們弄清事情的原委之後，便都聳聳肩膀，失望地走開了。有的還大不以為然，怪我少見多怪。

飛機放慢了速度，開始徐徐下降，離地面愈來愈近。前方茫茫的冰原上，終於現出了幾個方形的黑點，就像偶然遺棄在雪地上的火柴盒似的。漸漸地，那些火柴盒變得愈來愈大，原來是幾排木板平房，這就是南極羅斯島附近的簡易機場。四點二十分，飛機帶著尖利的唿哨，擦著光滑的冰面，順利地著了陸。我站立起來，深深地鬆了一口氣，心想，謝天謝地，南極終於到了，一塊石頭落了地。

當我跳下飛機，踏上這塊神祕土地的時候，雖然寒風刺骨，冰天雪地，氣溫在零下三十多度，心情卻異常興奮，熱血沸騰。放眼雪原，覺得那雪格外的白；仰望藍天，覺得那天格外的藍；環顧群山，覺得那山格外的美；呼吸一口新鮮空氣，覺得那空氣似乎也格外的甜。

我曾經不止一次地幻想過，希望能飛到另外一個星球，或者能進入另外一個世界，或者能落入另外一個天地，或者能降生到另外一個人間。當然，所有這些幻想都沒能實現。但是，現在，我站在了南極，雖然也清楚地知道，自己並沒有離開地球，但卻強烈地感覺到，我確實進入了一個全新的甚至富有幻想色彩的境界裡。於是忽然想到，曹雪芹關於仙界的描寫：白茫茫，大地一片好乾淨。也許這裡就是吧？

天涯遇知己

羅斯島因英國探險家羅斯於一八四〇年首先到達這一帶考察而得名，但它之所以重要，卻是因為美國的麥克默多基地就設在這裡。麥克默多基地是整個南極大陸規模最大的科學考察基地。離它不遠則是紐西蘭的斯科特基地。

我們進入基地之後，首先到科學基金會辦公室報到。辦公室負責人熱情地接待了我們，並簡單地介紹了這個基地的大體情況和生活在這裡應該注意的事項，特別強調了要注意防火，因為這裡異常乾燥，風多又大，所以一旦失火，很難控制，後果不堪設想。我一面聆聽著那位負責人的談話，一面則以好奇的眼光觀察著周圍的一切。使我感到特別奇怪的是，這裡的人說起話來都是細聲細氣，似乎故意把聲音壓得很低，深怕打破這裡的寂靜似的。開始時百思不得其解，只好胡亂猜疑，心想，也許是因為這裡空氣稀薄的緣故吧。後來一摸耳朵，方才恍然大悟，原來上飛機時塞進耳朵的泡沫塑料忘記取出來了，聽力當然就有了問題，於是趕緊取出，立刻恢復正常，不禁啞然失笑，由於神經過敏，差點鬧出笑話來。

介紹完畢後，工作人員發給每人一把鑰匙，請我們到招待所去休息。我提起東西，剛想離開，忽然背後有人用中文叫道：「位先生，您好！」我先是吃了一驚，因為在這天涯海角是不大可能遇到中國同胞的，更不用說是相識了。待回頭看時，又嚇了一跳，只見一個濃眉大眼，身材魁梧的黑人兄弟正向我走來。我趕緊放下手中的東西，迎上去和他握手，一面仔細地打量著他的面孔，覺得似乎有點面熟，但一時又記不起在什麼地方見過。他見我有點窘，便笑著自我介紹說：「我叫玻爾克，布蘭德利・玻爾克(Bradley Polk)，是這裡的工作人員，非常歡迎你到南極來，我早就聽說有位中國朋友要來這裡，非常高興。我是從辦公室的名單中查到你的名字的。」我記起來了，那是出發之前，在華盛頓召開的全體赴南極人員動員大會上，有人指著遠處的一位黑人青年告訴我說：「他會講中文。」我當時出於好奇，很想跟他交談一下，但是因為忙，直到散會也沒能找到一個合適的機會，只好作罷。今天在這裡卻又意外地相見了，真是有緣千里來相會，感到格外親切，於是緊緊擁抱在一起，就像是久別重逢的老朋友似的。我問他是在哪裡學的中文，他頗為自豪地說：「我到過中國，在上海工作了一年，我的中文主要是自學的。」接著，他就滔滔不絕地講起他對中國的印象來。他說他和妻子都喜歡中國，因為中國人熱情友好，不歧視黑人。因此，他將來一定還要到中國去。

最後，他緊緊握著我的手，用不很熟悉但卻清晰的中文說：「你是我的好朋友。」感情真摯而誠懇。這使我深受感動，於是也用中文回答說：「能在南極遇到你這位老朋友，非常高興。」他笑了，說：「不用客氣，有事請找我。」然後幫我提上行李，送我到招待所去。

招待所就在附近，是一座木製的二層小樓。我們進去一看，分給我的那個房間已經有人住上了。他把東西放下，說：「你在這裡等著，我去看看是怎麼回事。」一會兒，他氣沖沖地回來了，忿忿不平地說：「有個傢伙嫌他原來的房間不好，就搬到這裡來了，想跟你對換。」我想，反正也住不了幾天，只要有個地方睡覺就行，於是隨口答道：「算了，那我就住那個房間吧。」沒有想到，玻爾克卻嚴肅地望著我，反問道：「為什麼？他不願意住的房間難道你就願意去住？」關懷中夾帶著責備，似乎是說，你怎麼就那麼好欺侮？他顯然是把我的忍讓看成是過於容易屈服了。因此，更加堅決地說：「不行，我一定要給你弄個更好的房間。」說著，看了看錶：「噢，時間不早了，我們先去吃飯吧。」

基地的食堂很大，有好幾個餐廳連在一起。我把大衣掛在走廊的勾子上，又把一副特製的大手套放在外面。玻爾克看了，趕緊走過來，幫我把手套掖在大衣裡面，並且悄悄地告訴我說：「基地裡有人專門喜歡偷這種手套，你要特別注意。」我聽了大吃一驚，不解地問道：「難道這裡也有小偷？」玻爾克聳聳肩膀，不以為然地說：「當然了。」接著他又補充說：

「凡是有人的地方就會有小偷。」聽了他的話，我不覺心頭一沈，暗想，我原以為南極是地球上唯一一塊尚屬聖潔的土地，卻沒有想到，這裡也已經受到了人類社會各種弊端所汙染。

回到招待所時已經八點多了，幾經周折，玻爾克終於在二樓給我找了一個房間。他滿心歡喜地對我說：「你到二樓和一個搞冰川的教授住在一起，他很快就要出野外了，那個房間就是你的。」並幫我把東西搬上樓去，一切都安排停當之後，才把鑰匙交給我說：「你好好休息一下吧，我還有許多工作要做。」我緊緊地拉住他的手說：「非常感謝你的幫助，希望將來能在中國見到你。」他笑著回答說：「沒有問題，我肯定還要到中國去的。」說完就匆匆離去。

送走玻爾克之後，房間裡剩下我獨自一人，突然感到悵惘若失，似乎有點六神無主。從早晨五點起，這一整天都是在緊張、憂慮、欣喜和激動之中度過的，神經一直處在極度興奮之中，所以幾乎忘記了自我的存在。現在終於安頓下來了，恢復了自我意識。回想起來，在短短的幾小時之內，我便從喧鬧的人間來到了死寂的天涯，從繁華的城市來到了荒涼的孤島，從綠色的大地來到了白色的冰原，從一個春暖花開的國度來到了一個冰天雪地的世界，自然條件和社會環境的變化都是如此之大，不僅感官受到了強烈的刺激，而且心理上也造成了巨大的衝擊。我默默地站在窗前，細細地觀察著這塊陌生的土地，也許是因為神經過度興奮之後，就會進入抑制狀態的緣故吧，心中卻萌發了一種異樣的感受：渺無人煙的曠野使人感到空虛，漫無邊際的冰雪使人覺得可怖，陰風怒號的天氣使人感到害怕，舉目無親的環境使人覺得孤寂，確乎有點滿目蕭然，感極而悲者矣。

為了穩住情緒，我想極力尋找一點能使自己高興起來的事，於是便想起了人生的四大樂事，曰：久旱逢甘雨，他鄉遇故知，洞房花燭夜，金榜題名時。因我家世代務農，自己也種過地，所以久旱逢甘雨的喜悅是嘗到過的。後來參加了工作，雖然走南闖北地去過許多地方，但他鄉遇故知的機會卻很少，只有這次是例外，竟在南極遇到了玻爾克，雖然原來並不相識，他給我帶來的安慰和喜悅卻並不亞於故知。結婚時正是轟轟烈烈的革命年代，洞房花燭根本談不上，除了兩條被子一張床之外，則是一大堆紅寶書。儘管如此，因為那畢竟是一生中的重要轉折，還是留下了難忘的印象。至於金榜題名，大概是指中了狀元或進士之類，早已沒有了那樣的機遇。當然，在考上大學的時候，確實也高興了一陣子。

回想了這些往事之後，心境確實平靜了許多，於是坐下來，埋頭寫下了到達南極後的第一篇日記。上床時已近午夜，太陽卻仍然懸在半空，陽光從窗口斜照進來，撒在地上，明晃晃的。此情此景，使我自然而然地想起了李白的詩句：「床前明月光，疑是地上霜。舉頭望明月，低頭思故鄉。」只是可惜李老先生當年沒有來過南極，如果他能在此揮毫寫出這首偉大的詩篇，那一定會把明月改成太陽的。

就這樣，我在南極的第一個夜晚也是一生中所度過的第一個充滿光明的夜晚。

奇特的城市

說到城市，人們自然會想到高樓大廈，車水馬龍，燈火輝煌，人山人海。一般而言，情況確實如此，這是現代城市的基本特點，當然也有例外。實際上，城市是歷史演進的產物，城市是社會發展的成果，城市是人類財富的積累，城市是集體智慧的結晶，城市是科技進步的標誌，城市是文明世界的縮影。也就是說，城市不僅隨著社會的發展而發展，隨著人類的進步而進步，而且也是人類歷史的記錄和見證。由此可以看出，城市對於人類的生存來說，實在是太重要了。正因為如此，所以州有州府，國有國都，每個大陸也都有自己值得驕傲的城市，例如亞洲的東京，澳洲的雪梨，北美洲的紐約，南美洲的里約熱內盧，非洲的開羅，歐洲的巴黎。那麼，南極洲呢？這是地球上唯一的例外。因為在這塊大陸上並無國家存在，更無洲縣之分，所以國都和州府之類當然是談不上的。而且，整個南極大陸連一個土生土長的當地居民也沒有，所以普遍意義上的城市在這裡也根本不可能存在。如果硬要把散布在各地的科學考察基地拿來充數的話，那麼南極大陸最大的城市就是麥克默多基地。

羅斯島上共有三大奇觀，那就是：埃拉波斯火山，觀察峰和麥克默多基地。

埃拉波斯火山是南極大陸僅有的兩座活火山之一，海拔三千七百九十四米，是這一帶最高的山峰。雖然已經有許多年沒有噴發了，山頂上仍然有一個沸騰的岩漿池，冒出的蒸氣雲霧繚繞，虛無縹緲，風大時消失得無影無蹤，風小時則聚集在山巔之上，形成一頂巨大的帽子，且千姿百態，變幻無窮，使整座火山更增加了一層神祕的色彩。特別有趣的是，雖然山頂上熱氣騰騰，火冒三丈，但山坡之上卻為厚厚的冰層所覆蓋，寒光閃閃，氣勢逼人，遠遠望去，就像是一個身披銀甲的武士，征戰剛剛歸來，頭上還冒著熱氣似的。一九七九年，有一架紐西蘭航空公司的大型噴氣客機撞在它的山腰上，機上二百五十七名乘客和機組人員全部遇難，其原因一直搞不清楚，使得埃拉波斯火山更加撲朔迷離。

觀察峰是一座尖尖的火山錐，因當年斯科特在征服南極點的途中曾在這一帶落腳，並且常常爬到山頂上去觀察天氣而得名。形成鮮明對照的是，觀察峰雖然與埃拉波斯火山近在咫尺，卻既無冰甲，也無積雪，而是赤身裸體，黑色的岩石挺立在白色的雪原之上，形成了強烈的反差，在南極這塊由冰雪統治著一切的大地上，也可算得上是一個奇蹟。山頂上有一個巨大的十字架，上面刻有斯科特等為征服南極而獻身的五位英雄的名字。因此，觀察峰不僅是這一帶重要的風景區，而且也是有一定歷史意義的名勝古蹟，凡來此工作的人們都要爬到山頂上去觀察一番，周圍的景物便可一覽無遺。回來的時候，還可以在半山腰專設的留言簿上寫下幾點感想，作為永久的紀念，或者謅上幾句歪詩，以抒發離國懷鄉的情緒。我第一次上山時，也是大筆一揮，在上面發了一通議論，藉以表明，我們中國人已經來到這裡。

站在觀察峰上放眼望去，在一片起起伏伏的火山灰上，星羅棋布地聳立著各式各樣大大小小的一百多座建築物，有一些紅的、黃的、綠的、藍的房子，還有許多閃閃發光的白色儲油器。這就是麥克默多基地。雖然，若與其他大陸哪怕是最小的城市相比，麥克默多也是極其渺小、微不足道的，甚至連城鎮也算不上，只能是個村莊。但在南極大陸，它卻是舉足輕重，首屈一指。也許，它是世界上最為年輕的城市，它的歷史只能追溯到一九五六年。但在南極大陸，它卻是第一個初具規模因而也是歷史最悠久的城市。也許，它是世界上最為簡陋的城市，沒有正式的街道，沒有像樣的商店，甚至連個餐館也沒有。但在南極大陸，它卻是最為繁華的城市，有兩個機場，十幾排樓房，還有好幾個酒吧間。也許，它是世界上最不出名的城市，在通常的地圖上是絕對找不到的。但在南極大陸，它卻是最繁忙的交通樞紐，最重要的通訊中心和最大的科學研究基地。除此之外，它也是世界上最寒冷的城市，年平均溫度為攝氏零下二十度；它也是世界上人口最少的城市，夏天最多時也只有七八百人，而到冬天則只有五六十人；它也是世界上人口流動最大的城市，不僅數量變化大，而且所有居民都是臨時性的，連一個永久性居民也沒有；當然，最為重要的是，它是世界上最靠南的城市，其位置在南緯七十七度五十一分，東經一百六十六度四十分，離南極點只有一千多公里。因此，人們完全有理由說，麥克默多確實是一個非常奇特的城市。請設想一下，當你在茫茫的冰雪荒原之上連續飛行或艱苦跋涉數千公里而不見人煙，突然有如此眾多的人為建築出現在你的面前時，那喜悅之情恐怕絕不會亞於哥倫布發現新大陸。由此可見，稱麥克默多基地是羅斯島上的一大奇觀是並不過分的。

基地裡的居民主要是由兩部分人員組成，一部分是穿紅大衣，黑褲子的科學研究人員和輔助人員，以及負責基地維修和服務的工人，他們是主體。另一部分是穿綠色制服的美國海軍人員，他們的任務是負責基地的交通和通訊聯繫。另外，基地裡的食堂和醫務室也由海軍負責，他們還經營著一個郵局和一個小賣部。由於生活習慣和文化背景等各方面存在的差異，這兩部分人之間的關係曾一度非常緊張，後來由於採取了一些措施，現在已經緩和得多了。當然，這裡的居民一律是青壯年，既無老人，更無小孩。但使我感到驚訝的是，無論是海軍官兵，還是民用人員，都有一些年輕婦女在這裡工作。我曾經好奇地詢問她們，為什麼會放棄美國舒適的環境而到南極這冰天雪地的地方來受苦，雖然回答各種各樣，但有一點是共同的，即在這裡工作工資很高，半年就可以賺到相當於國內一年的工資，所以變成了肥缺，人們趨之若鶩。據說要找到這樣一份工作是很不容易的。而官方之所以要招募一些年輕婦女到南極來，除了可以節省開支（因為婦女的工資比擔任相同工作的男人們的工資普遍要低）之外，還有另一番用意。據說在婦女們到來之前，由於環境單調，生活枯燥，氣候惡劣，工作艱苦，再加上夫妻長期分居，欲火難熬，所以基地裡的工作人員就像是關在籠子裡的一群公狗一樣，尋釁滋事、打架鬥毆時有發生。但自從婦女們來到之後，至少是在精神上給男士們帶來了某種安慰和享受，使他們的心理趨於平衡，暴力事件則明顯減少。這一招實在高明，真可說是一箭雙鵰。但是，有其利必有其弊，隨著婦女們的到來，風流韻事也給基地的主管製造了許多麻煩。例如，最近人們正在議論紛紛，說有一個姑娘懷了孕，這在美國根本算不了什麼新聞，但在南極卻是一大難題。因為，如果把孕婦送回國內去生產，不僅需要一大筆開支，而且路途遙遙，萬一路上出了事，就會引起嚴重的法律問題。但是，如果把孩子生在基地裡，也是一個很複雜的問題，因為美國並不承認任何國家對南極的主權要求。所以嚴格地說，生在南極的孩子是沒有國籍的。因此，這姑娘若在基地分娩，生下的孩子恐怕只好算做南極人了。基地的主管正在為此而大傷腦筋，不知道怎樣來處理這件事。

我在麥克默多基地前後一共住了二十多天，留下的印象是非常深刻的。在這個奇特的城市裡，我遇到了日本人、紐西蘭人、澳大利亞人、瑞士人、加拿大人、菲律賓人，當然還有東道主美國人，大家彼此友好相處，結識了許多很好的朋友。由於生活和工作的需要，我去過這裡的食堂、酒吧間、郵局、小賣部、醫院、理髮店、機場、修理車間、學校和試驗室，遇到了許多有趣的人和有趣的事。但是，只有一個地方我卻從來沒有去過，那就是教堂，因為我覺得，我實在沒有什麼事需要到那裡面去懺悔的。

生存學校

人生在世，總要冒點風險，才能生存下去，否則就將一事無成。例如，吃飯有可能中毒，但也不能因此而廢食；睡覺有可能中風，但也不能因此而罷眠；出門旅行，會有飛機失事，火車脫軌，汽車相撞，走路摔跤等不測事件，但也不能因此就望而卻步，總是待在家裡；就是待在家裡，也有可能發生地震而房倒屋塌，死於非命，但也不能因此就杞人憂天，永遠露宿在荒郊野外。生活瑣事尚且如此，更不用說在大風大浪中英勇拼搏，或者在槍林彈雨中衝鋒陷陣等壯舉了。我們的先人是深知這一點的，因而有千金之子，坐不垂堂的遺訓。然而，人生在世，風險實在太多了，僅僅不坐垂堂是遠遠不夠的。而且，正因為連垂堂也不敢坐，所以千金之子往往也就沒有什麼大出息。

生活在美國，幾乎天天都要跟暴力現象打交道。例如看報紙，謀殺、毆鬥總是佔有一定的篇幅；聽廣播，凶殺、強姦是常有的新聞；看電視，打、搶、追、殺是少不了的畫面；看電影，暴力、色情更是必不可少的鏡頭；就是走在街上，也不時會有厲聲尖叫著的警車從身旁呼嘯而過，使你不免心驚肉跳，嚇一哆嗦。由此可見，生活在美國，風險似乎就要更多一些。剛到美國時很不習慣，成天提心吊膽，覺得腦袋長得似乎沒有先前那麼牢固了。後來雖然習以為常，但因天天耳聞目睹，潛移默化，久而久之，則產生了某種心理變化，對暴力有了新的認識，即覺得暴力雖然為大家所痛恨，但也是社會所必須，因為它不僅給人們的生活增添了不少離奇的內容，而且也為小說家和電影編導們提供了許多難得的素材。請設想一下，如果社會上人人都是謙謙君子，大家都是那麼溫良恭儉讓，生活就會變得平淡無奇甚至枯燥無味了。我想，這種心理變化也許可以叫做暴力效應吧。

來到南極之後，沒有報紙，沒有電視，沒有電影，甚至連廣播也聽不到，除了能通信之外，幾乎完全與世隔絕。開始時覺得很不習慣，似乎生活中缺少了些什麼。後來待得久了，才逐漸領悟出這與世隔絕的妙處。這裡沒有國家，沒有政治，沒有欺詐，沒有暴力，沒有環境汙染，沒有種族歧視，人們友好相處，積極努力於自己的事業，是一個真正的世外桃源。因此，生活在基地裡是比較保險的，也許可以說，這裡是世界上風險最小的場所。但是，如果要出野外，則將面臨著比其他地方都要嚴重得多的威脅。當然，這種威脅並不是來自於野獸的侵害或暴力的襲擊，至少到目前為止，這兩種東西在南極都還是不存在的，而是來自於大自然的威力。恐怕世界上還沒有任何一個地方能像南極這樣，人和大自然的對抗是如此直接而且激烈，以至於人們一向把這裡看做是冒險家的樂園，而到南極探險也就被稱做是勇敢者的事業。為了應付這種挑戰，儘量地減少意外事故，麥克默多基地規定，凡要到野外工作的人，必須首先進一所學校，接受某種特殊訓練。這所學校叫做Survival School，若直譯過來，即生存學校。

我們是於十月二十九日進入生存學校的。前兩天是理論課，由教師系統地講解和示範在野外遇到意外情況應該如何處理。例如，開車在海上行駛要特別注意冰縫，特別是那些新凍結不久的冰縫，車子開在上面很容易陷下去，而一旦陷下去則絕無生還的希望；汽車在野外拋了錨或斷了油，人員應該離開汽車而到雪地裡掏洞穴居，因為汽車容易散熱，所以熄火之後會特別冷，住在裡面就很容易被凍死；如果與大隊失去聯繫，不要亂跑，而應該在原地等待救援。這時，如果看到飛機，則可用一種特製的小鏡子借反光來與飛機取得聯繫，通知機上人員你所處的位置。而工作人員所穿的紅大衣和黑褲子本身就是一種保護措施，因為這兩種顏色配在一起，無論是在白色的雪原還是黑色的岩石上都會格外醒目，機上人員可以很快地發現目標，如此等等。如果要到冰川上去工作，則要進一個高級班接受更加嚴格的訓練。我們因為並無這樣的任務，所以只在初級班學習了幾天就算畢業了。

最後一天是野外實習。我們開了一臺履帶車在冰面上行駛，走不多久便看見一頭海豹仰臥在冰面上曬太陽，見人來了則昂起頭，擺出一副虎視眈眈的樣子，像是在警告說：「離我遠點，再不然我就不客氣了。」但是，實際上，牠的反抗能力是極其有限的。海豹在水裡來往如梭，行動自如，不愧為游泳健將，但一到冰上，就寸步難行，蛆爬似的。我們的車子開過之後，牠大概感到情況不妙，便轉身鑽到洞裡去了。教師風趣地說：「海豹雖然沒有進過我們的生存學校，但牠們仍然知道如何保護自己。」說得大家都笑了。

車子在一個山腳下停了下來，這裡的積雪特別厚，教師便指揮我們幹了起來，先是在雪地裡掏一個足夠大的洞可以棲身，然後再把表層凝結的積雪切成方塊蓋在上面，便成了屋頂，人躺在雪上，軟綿綿的，就像睡在沙發床上一樣，蠻舒服的，顯然比外面暖和多了。傑克還專門蓋了個廚房，並支起煤油爐燒起雪水來。也許是因為周圍實在太冷的緣故吧，燒了好半天才剛剛有點熱乎勁，大家等得不耐煩了，便每人喝了幾口溫水就算體驗了生活。教師告訴我們說：「在野外陷入困境時若有帳篷當然最好。如果沒有帳篷，這就是最好的避難所，住在裡面堅持幾天是沒有問題的。」

回來的路上，教師特意帶領我們去察看冰縫。羅斯島和南極大陸之間是一片遼闊的大海，寬度在五六十公里以上。若在別處，這裡肯定是一片汪洋，再加上特有的狂風推波助瀾，更應該是洶湧澎湃，波浪滔天，一派動人景象。但在南極這塊冷酷的土地上，就連一向桀驁不馴的大海也一反常態，被壓在巨厚的冰層之下，就像是披上了冰甲，銷聲匿跡，動彈不得了。然而，大海也絕非等閒之輩，豈肯甘居人下？它借助著潮汐的力量猛烈地反抗著，有時將冰層撕開，造成一條條長長的裂縫；有時則將冰層推起，形成一排排高高的褶皺。記得有人說過，當大海與暴風搏鬥時，倒霉的是水手。但在南極，大海的對手卻是冰層，而倒霉的則是那些在冰上工作的考察隊員們。

我們小心翼翼，走走停停。冰面上有一層薄薄的積雪，看上去一馬平川，似乎並不存在任何危險。但是，富有經驗的教師卻獨具慧眼，他能準確地指出什麼地方有冰縫，和什麼樣的冰縫最危險。在一個地方我們把車停了下來，步行了一段路之後，把積雪掃開，果然是一條幾米寬的冰縫，上面剛剛結了一層透明的薄冰，下面則是深不見底的大海，黑洞洞的，我站在上面兩腿打顫，心裡直犯嘀咕。心想，像這種地方，若不小心把汽車開上去，全軍覆沒是毫無疑問的。想到這裡，不禁倒吸了一口冷氣。

正當我們聚精會神地察看冰縫的時候，忽聽背後開天劈地似的一聲巨響，腳下感到了強烈的震動，把大家嚇得目瞪口呆。我本能地認為，一定是發生了地震。急忙回頭望時，只見在離我們不遠的地方裂開了一條新的冰縫，洶湧的潮水從下面噴射出來，漫溢在附近的冰面上。傑克和曼托拔腿就跑，想去看個究竟，卻被教師一把揪住，堅決地制止了。只見他臉色蒼白，用命令式的口吻嚴厲地說：「趕快離開這裡，再待下去是很危險的！」我們於是慌忙地爬上汽車，匆匆離去。

回到基地，仍有餘悸，暗想，過去從未進過生存學校，竟然也活了四十多年。現在生存學校畢業了，但是否能生存下去反倒成了問題，真是人生識字糊塗始。特別是下一階段要出野外，風險很大，看來必須處處小心為妙。

海角驚夢

野外工作是這樣開始的，傑克、巴里和我駕著一輛履帶車在海面的積雪上奔馳，隆隆的馬達聲打破了曠野的寂靜，驚得賊鷗在頭頂上盤旋，海豹在冰面上奔逃，車子後面則留下了一條不斷延伸的軌跡，這是人類活動的唯一標誌。作為先遣隊，我們的任務是在羅斯島和南極大陸的兩個山頭之間拉一直線，以標定出將要進行探測的地震剖面的確切位置。剖面全長五十多公里，如果順利的話，一天就可以完成任務。但是，在南極工作必須得看老天爺的臉色行事，而老天爺又總是喜怒無常，變幻莫測，翻手為雲，覆手為雪，所以計劃常常被打破。開始時幹得很順利，雖然風很大，天奇冷，但兩邊的山頭卻還看得清清楚楚。後來天漸漸陰晦起來，霧氣騰騰，遠處的景物變得愈來愈模糊了。無奈，我們只好停下來休息，每人吃了一點牛肉乾和巧克力之類充饑。飯還沒有吃完，老天爺卻突然發起怒來，烏雲翻滾，風雪瀰漫，遠近的一切一下子消逝得無影無蹤。我們只好鑽進汽車避風，開著馬達取暖，因為實在累了，不知不覺地都進入了夢鄉。一覺醒來，已是四點多了，風雖然小多了，雪卻仍然紛紛而下，於是決定就地宿營，巴里造火做飯，我和傑克架帳篷。

美國的東西通常都是改進得很快的。例如汽車，十年前的產品就算是老掉牙的了。唯有這帳篷卻是例外，還是本世紀初斯科特時代的那種老樣子，大概是因為在這上面作文章賺不到什麼大錢的緣故。這種油布帳篷有內外兩層，四個角用棍子撐起來，外面用繩子拉緊，周邊用雪壓住，裡面便形成了一個四方錐形的小空間，架起來倒也簡單，只是那門是個圓洞，且懸在半腰，為了防止風雪的入侵，洞口上還縫了一個長長的布口袋，因此只能爬進爬出，像鑽狗洞似的，很不方便。

帳篷架好以後，在雪地上鋪上一層油布，油布上面放一個泡沫塑料墊子，墊子上面放上褥子，褥子上面放上鴨絨睡袋，窩就算做好了。因為下面有一層厚厚的積雪，所以躺在上面軟綿綿的，像是高級席夢思。當我們從帳篷裡爬出來時，巴里已經把飯做好了，是方便麵條，因為好久沒有吃到中國風味的飯菜了，而且又很餓，所以吃起來特別香甜。

飯後無事，八點剛過我們便鑽進了帳篷。承蒙他們二位的好意，堅持要我睡在中間。我雖推辭再三，終因好意難卻，也就只好聽便了。躺下不久便發現，自己的處境並不是非常美妙的。先是傑克鼾聲如雷，那響度跟部汽車差不多。百般無奈，我只好把臉轉向巴里，並用睡袋將耳朵包住。誰知，剛要迷糊，巴里卻開始吹起口哨來，吹出來的熱氣正好噴在我的腦門上。就這樣，他們兩個一唱一和，前後夾攻，把我置於腹背受氣的境地，好不容易製造出來的一點點睡意，也被吹得煙消雲散了。更加難以忍受的是，雖然身體上半暖烘烘的，但因為是睡在冰雪之上，所以身體的下半部卻總是涼的。結果是，左邊口哨右邊雷，上半暖和下半冷。而且稍一翻身，下面的積雪就硌吱硌吱作響，就像是壓著了一窩耗子，所以搞得心煩意亂，輾轉反側，翻來覆去，怎麼也睡不著。聽聽外面，風聲已停，萬籟俱寂，連雪花落地的聲音也都聽得清清楚楚。我緊緊地閉著眼睛，僵臥著，諦聽著，除了身邊的鼾聲之外，周圍的一切似乎都已經靜止了，凝固了，連自己的呼吸也被這靜止所凝固，深深地積壓在這無限的沈寂之中，感到孤獨，壓迫，甚至有點窒息。

時間過得很慢很慢，也像是凝固了似的。我躺了許久許久，耐心地等待著，希望能睡過去。但眼看快十二點了，卻還沒有絲毫的睡意。於是心想，與其躺在這裡受罪，還不如到外面活動活動，呼吸一點新鮮空氣。想到這裡，便悄悄地爬起來，穿好衣服，鑽出帳篷。抬頭看時，已是萬里無雲，陽光燦爛，原先的烏雲和飛雪都已不知去向，消逝得無影無蹤。只見天藍得出奇，地白得透明，遠處的群山婀娜多姿，近處的新雪蓬蓬鬆鬆，午夜的太陽高高地懸浮在天邊之上，光芒所及，萬物生輝，似乎整個宇宙都被照得通明通明。我愣愣地站在這童話一般的世界裡，如醉，如癡，如幻，如夢。環視四周，除帳篷裡的兩個同伴之外，不見任何活物；諦聽八方，除了自己的呼吸之外，沒有任何聲息。我愕然了，在此之前，我自以為已經飽覽南極之美，卻沒有想到南極竟會美到如此程度；我陶醉了，在此之前，我自以為已經深知南極之妙，卻沒有想到南極竟會妙到如此境界。當然，這裡的空氣依然寒冷，但金色的陽光卻給我以溫暖；極端的孤獨依然可怕，但難得的安靜卻給我以補償；突然之間，我覺得，幾十年加在自己身上的社會羈絆，一下子都土崩瓦解、煙消雲散了，輕鬆、超脫，心曠神怡，飄飄然如斷了線的風箏。於是迎著陽光，踏著新雪，漫無目的地往前走去。走啊，走啊，身後拖著一條長長的影子，地上留下了一道深深的痕跡。

正當我沈浸在想入非非之中，在無聲的原野夢遊般漫步的時候，忽然從背後傳來一聲重重的嘆惜。我著實地嚇了一跳，急忙回頭看時，卻又空空如也，蹤影全無。於是感到緊張而且疑惑，心想，是否是在夢裡？但咬咬自己的指頭，又很疼。想想剛才的過程又都真真切切。也許是傑克或巴里在開玩笑？但環顧四周，一馬平川，他們能藏在哪裡呢？為了給自己壯膽，我還是大聲地喊了兩聲：「傑克！巴里！」但是，除了四面八方返回來的回聲之外，仍然是死一般的沈寂。直到這時，我才感到了真正的恐懼。雖然我一向認為，自己是一個堅定的無神論者，從不相信有鬼神存在。但是，在這杳無人煙的天涯海角，竟確確實實地聽到了一聲重重的嘆息，這無論如何也是難以解釋的。我的心在猛烈地跳動，頭皮發麻，兩眼圓睜，毛髮倒豎，拳頭攥得緊緊的，屏住呼吸，等待著，希望能再聽到那聲音，以便解開這個惱人的謎。果然，過了一會兒，又傳來兩聲重重的嘆息。這回聽得更加真切。而且，使我感到更加迷惑不解的是，那聲音似乎是從地下傳出來的。確定了方位之後，我便躡手躡腳地摸了過去。走近一看，大為愕然。原來，那厚厚的冰層上有一個井口般的圓洞，一個圓圓滑滑的海豹腦袋露出了水面，正在大聲地喘著粗氣，一場虛驚，變成了好笑，對於面前這個生靈，反倒覺得格外親切。於是蹲下身去，想跟牠打個招呼，誰知那傢伙一見了我立刻沈了下去，逃之夭夭。這使我大感掃興，又覺得迷惘，這一帶並無人來，海豹怎麼能懂得「防人之心不可無」這一道理的呢？

虛驚之後，出了一身冷汗，如同大夢初醒，頭腦反倒清楚了許多。這時我意識到自己雖然身處南極，卻遠未脫離人間，海豹的逃遁就是一個很好的明證。就像宇航員一樣，他們雖然可以進入太空，但轉了幾圈之後，終究還要回到地面上來的。由此可見，人類的勢力是難以擺脫的，過去的想入非非只不過是一場夢幻而已。想到這裡，覺得興味索然，無意繼續前行，便轉身向回走去。行至半路，只見傑克和巴里風風火火地跑了過來，呼哧呼哧地喘著粗氣，就像兩頭海豹似的。來到跟前，傑克的臉漲得通紅，上氣不接下氣地說：「哎呀，你到哪裡去了，可把我們急壞了，再找不到你，我們就得請求基地派直升飛機來救援了。」看到他們那種氣急敗壞的樣子，我忍不住笑了，抱歉地說：「不必著急，我丟不了，這裡既無野獸，又無魔鬼，怕什麼呢？」巴里插進來解釋說：「可是你要知道，這大海本身就是很危險的，別看它結著一層冰，平平靜靜，但有時它會忽然裂開，就像一下子張開大口，人若掉下去就沒命了。」

回來的路上，巴里告訴我說，他睡得正香，不知為什麼卻忽然醒了，睜眼一看，我的睡袋空空如也，便害怕起來，趕緊推醒了傑克。這時，傑克急忙插嘴說：「是的，我正在做夢娶媳婦，卻被他推醒了。」我和巴里聽了忍不住哈哈大笑起來，他卻一本正經地說：「真的，絕不騙你們，那新娘子漂亮極了。婚禮剛完，正在關鍵時刻，卻被巴里給攪了。我氣得要死，正想罵他，聽說你失蹤了，可嚇壞了。我們鑽出帳篷，不見你的影子，便順著腳印追了過來。」

回到駐地，鑽進睡袋，我對傑克打趣說：「祝你好運，繼續你的好夢，也許會娶個更漂亮的小姐。」看看錶，已經三點多，因為實在累了，所以在他們開始二重奏之前，我卻搶先進入了夢鄉。

活的旅伴

臨到南極之前，老朋友內爾忽然以關懷的口吻告誡我說：「你到了南極之後，要特別注意保持心理上的平衡，因為那裡生活單調，環境嚴酷，弄不好會得精神分裂症的。」我聽了以後哈哈大笑，以為他是說著玩的，所以並沒有往心裡去。但是內爾卻很認真，他從書架上翻出了一份資料，鄭重其事地遞給我說：「你看看，丹麥政府每年都要派一些人到格陵蘭的愛斯基摩人聚居區去工作，但這些工作人員當中，每年冬天總有數十人因患精神失常而被遣送回國。」我仔細地閱讀了這份資料之後，心裡不禁翻騰起來，暗想，丹麥人去格陵蘭，距其家鄉並不太遠，雖然他們與愛斯基摩人的文化背景不大相同，但畢竟還是生活和工作在人類中間。而我獨自一個人跑到南極，不僅身邊沒有同胞，而且連人類也極少見，再加上氣候惡劣，自然條件要比北極嚴酷得多，我能挺得下來嗎？如果去的時候高高興興，回來時卻癡癡呆呆，變成一個神經病，豈不是一件麻煩事？想到這裡便忐忑不安，確實有點害怕起來。

在基地生活的那段時間裡，因為居住條件挺好，食物也很豐富，跟在美國差不多，過得蠻舒服的，再加上剛到南極，頗為新鮮，內爾的忠告早就忘到腦後去了。直到出了野外之後，情況大變，我才開始隱隱感到某種心理上的壓迫。而且，隨著時間的推移，這種感覺也就愈來愈強烈。在這種情況下，我不僅深深地體會到人與人之間友情的可貴，而且即使偶爾看到一個活的東西，也會感到格外親切。但是，在南極，除了寥寥無幾的人類之外，平時所能遇到的有生命的東西是很少的。

賊鷗是我在南極所見到的第一種活物，也是經常能看到的唯一的海鳥。賊鷗的嘴有點像鷹，腳上有蹼，翅膀寬而長，飛起來從容自如。身體肥胖，羽毛豐滿，這是抵禦南極特有的嚴寒和風雪所必須的。賊鷗生性殘忍，以偷食企鵝以及殘殺病弱海豹為生，故得其名。據說牠們總是先把病弱海豹的眼睛啄瞎，使其無法反抗，然後一擁而上，分而食之。但是自從人類來到南極之後，賊鷗的生活習性也開始發生了某些變化。在基地裡，常可看到牠們成群結隊地在垃圾箱周圍忙來忙去，以尋找一點人們丟下的剩湯殘羹充饑。在野外，賊鷗則是我們形影不離的旅伴。我們行進時，牠們則沿著前進的方向飛行，像是在給我們探路似的。我們住下時，牠們則在帳篷周圍轉來轉去，等候我們的一點點恩賜。然而，因為人類所能提供的食物畢竟非常有限，所以賊鷗還是主要依靠企鵝而生存。牠們在企鵝聚居的地方飛來飛去，伺機窺探，軟磨硬纏，幹著極不光彩的勾當，真是江山易改，本性難移。看來要使賊鷗放下屠刀，立地成佛是很不容易的。

開始的時候，我並不知道賊鷗只是吃肉。有一天早晨，看見有幾隻賊鷗眼巴巴地等在那裡，起了惻隱之心，便把一片壓縮餅乾扔了過去，站在近旁的兩位看了以後無動於衷，遠處的一位卻急急忙忙地奔了過來，當牠發現原是一塊餅乾時，也就垂頭喪氣地走開了。這時候，原先站在旁邊的那兩位則仰面嘎嘎大叫，像是在嘲笑第三者的無知。當時，我真以為賊鷗們也有互相嫉妒的天性，但後來發現，牠們的這種仰面大叫並不是互相嘲笑，而是臨戰前向對方發出的嚴重警告，如果對方不肯退讓，接著而來的往往是一場惡戰。賊鷗的吞食能力相當驚人，我曾看到一隻賊鷗從嘴裡吐出了一灘東西，走過去一看，原來是一團線繩，伸開後竟有一米多長。牠怎麼能把這樣長的繩子吞到肚子裡去呢？而且，當牠覺得消化不了的時候還能再吐出來。另外，賊鷗之間信息傳遞之快也令人驚奇。有一天，工作快要結束時，我們把吃剩下來的一大堆牛肉放在雪地上，不到十分鐘的時間竟飛來了上百隻賊鷗，牠們嘰嘰喳喳，上下翻飛，輪番地向那堆牛肉衝擊，俯衝下來，叼上一塊趕緊逃走，不大一會兒就把很大的一包肉搶掠一空，真是名副其實的賊鷗。令人實在迷惑不解的是，開始時只是幾隻賊鷗在我們駐地轉來轉去，肉一放出去，轉瞬之間就來了一大片，牠們的信息是怎樣如此之快地傳遞出去的呢？

我對賊鷗並沒有特別的惡感，這不僅因為賊鷗是唯一經常跟隨在我們身邊，幾乎形影不離的旅伴，給我們單調而枯燥的野外生活增添了不少樂趣。而且還因為，牠們不畏嚴寒，勇於拼搏，風雪無阻，敢於進取，飛行起來是那樣的從容不迫，剛健有力，彷彿對自己的前途總是充滿著信心似的。有時候，牠們甚至可以一直飛到南極點，這使其他鳥類望塵莫及。因此，牠們的形象常可給人以啟示，使那些奮戰在南極極端惡劣條件下的人們振奮起精神，增加了不少進取的信心和拼搏的勇氣。至於牠們天性殘忍，當然容易引起人們的厭惡，但那是不得已而為之。因為南極寸草不生，若不吃肉那就只能吃冰雪了，而單靠冰雪是無法生存的。況且，物競天擇，弱肉強食，也是大自然不可抗拒的規律，這與人類貪得無厭，濫殺無辜是有本質區別的。

在野外可以遇到的另外一種動物就是海豹。在羅斯海域，常可以看到單個的或幾隻甚至幾十隻成群的海豹橫臥在冰雪上，翻來覆去地曬太陽，呼嚕呼嚕地睡大覺。有時我們開著履帶車從牠們身旁轟然而過，牠們卻頭不抬、眼不睜，怡然自得地照睡不誤。但是，當有人靠近的時候，牠們就會立刻警惕起來，睜大眼睛注視著，或者艱難地在冰雪上爬來爬去。雖然海豹在水裡馳騁自如，像個砲彈似的，但一到了冰上卻就行動困難，變成笨蛋一個。當然，牠們也自有聰明之處，海豹是用肺呼吸，所以隔一段時間必須爬到冰面上來換氣。但我們工作地區的冰層厚度一般在二米半至三米左右，海豹單靠嘴咬牙啃要在上面穿一個洞是相當困難的，因此只能依靠集體的力量。通常都是一群海豹共同努力，輪流作戰，洞穿之後大家共同使用。牠們不斷地從洞裡進進出出，既提高了利用率，也保持了這條通道的暢通無阻。羅斯海豹肥胖滾圓，身上還長著一層薄薄的絨毛。小海豹的毛更長一些，看上去像個絨球。海豹並不像賊鷗那樣，對於人類的到來持歡迎態度，而表現出相當冷漠、恐懼，甚至敵意。這大概因為，除了無情地屠殺之外，人類並沒有給牠們帶來什麼好處。十八世紀七十年代，有個美國商人用二十張海豹皮在中國換取了相當於八百美元的巨大財富，這一消息引起了西方商人的極大興趣。一七八五年，中國市場正式向美國開放，因為海豹皮在廣東可以賣到出奇的高價，所以人們便湧到南極周圍，對毫無反抗能力的海豹和海象大肆捕殺。到十九世紀末期，南極地區的海象和海豹已經瀕臨絕跡。現在，羅斯海豹已經成了重點保護對象，嚴禁捕殺。所以牠們可以自由自在，自得其樂，在冰上睡足了之後就鑽到大海裡去捕魚蝦吃。有一天，當我們來到海邊時，見有上百隻母海豹帶著自己的幼子在這一帶休息，所以我們把這一帶叫做海豹的母子區。有一隻大海豹睡得正香，身邊臥著一隻毛絨絨的小東西，那樣子實在可愛。我輕輕地走過去，在母海豹的脊背上摸了一下，結果把牠嚇了一大跳，睜大了吃驚的眼睛惶惶地爬去，連自己孩子的死活也置之不顧。我覺得一陣悲涼。對任何動物來說，保護幼子都是做母親的本能，連一向膽小怕事的母雞在凶惡的老鷹撲向自己幼子的時候也能奮起迎敵，拼死一搏，但母海豹遇到危險時卻先自逃走了，實在是自私至極。但是又一想，海豹們沒有任何抗爭的手段，除了逃跑之外只有自己送死。因此，牠們的自私也是情有可原的。

除了能經常見到的賊鷗和海豹之外，在一個偶然的機會，我們還看到了一隻雪海燕，雖然只是一掠而過，卻給我們留下了極其深刻的印象。那天我們住在一個冰山的腳下，吃過早飯之後，正站在雪地上指手劃腳，為冰山的運動方向爭論不休。忽然，有一團白色的東西從頭頂上飛掠而過，在大家醒悟過來之前，早就消失得無影無蹤了。於是爭論的話題立刻轉到這上面來，有人說是一道白光，有人說是一隻飛鳥，彼此相持不下。正在這時，只見那團東西又從冰山背後轉了回來，啊，這回看得真切，原來是一隻海鳥。只見牠渾身潔白，像一團純潔的雪，但嘴和爪子卻是紅的，形成三個鮮紅的亮點，像是一塊白玉之上嵌上了三顆紅色的珍珠。牠在我們頭頂之上飛轉一圈，疾如閃電，轉眼之間便消逝在深藍色的天空之中。雖然只有短暫的一瞬，卻給我們帶了一陣難得的驚喜和歡樂。

當野外工作快要結束的時候，我心中暗暗慶幸，自己總算挺過來了，並沒有發生精神分裂。在這當中，雖然說不上賊鷗、海豹和雪海燕等到底有多大功勞，但可以肯定地說，如果沒有牠們，野外的日子將會更加難過。

南極居民

凡是到達南極的人，最想看到的首先是企鵝。凡是到過南極的人，津津樂道的也往往是企鵝。毫無疑問，企鵝和南極是緊緊地連在一起的，因此，每逢人們想到南極，自然而然也就想到了企鵝。

其實，我對企鵝是早有所聞的。還在孩童時期，就聽說企鵝們身穿黑色燕尾服，走起路來點頭哈腰，搖搖晃晃，大有紳士風度。而且，使我感到更加好奇的是，牠們見了人既不害怕，也不逃避，而是神態軒昂，悠閒自得，落落大方，泰然處之，儼然是一群正人君子。對一個幼小心靈來說，這實在是不可思議。因為，從當時的經驗來看，除了身邊的老母雞之外，凡長著翅膀的東西，見了人沒有不逃之夭夭，避之唯恐不及的。所以，自那時起，就對企鵝產生了極濃厚的興趣。但並不知道南極在哪裡，而是把企鵝的老家想像成是一個人人都長著翅膀的小人國。後來對於企鵝的瞭解逐漸多了起來，知道牠們除了堂堂的儀表之外，還有許多特異功能。例如，牠們不僅具有非凡的記憶力和方向感，而且還具有相當準確的時間觀念。在南極，一般用以辨別方向的參照物，如太陽、星星和羅盤等幾乎都失去了意義，所以，如果把一個人扔在野外而不給他任何儀器，他是很難確定方向的。但是企鵝則不然，即使把牠們弄到上千公里之外，牠們仍能以最短的路線，準確無誤地返回原地。有人還專門觀察過企鵝每天的活動，結果發現，牠們每天下海和從大海返回的時間都非常準確，前後差不了幾分鐘，跟我們上下班差不多。更加有趣的是，據說企鵝有相當穩固的夫妻關係，倆口子在分別之後重新相會時，總要一面親吻一面發出「凱斯，凱斯」的叫聲，據此，有人猜測說，英語中的 kiss 大概就是從企鵝那裡學來的。這當然是無稽之談，因為英國人在發現企鵝之前，他們早就 kiss 了已經不知有多少年了。

到了野外之後，天天巴眼望眼，盼望企鵝的到來，真是望眼欲穿。但是，時間一天天地過去了，卻總也見不到企鵝的影子，只有耐心的賊鷗每天在我們身邊轉來轉去，幾乎是形影不離。眼看野外工作已經接近尾聲了，仍然杳無消息，大家的心情愈來愈焦燥不安起來，紛紛猜測，大概企鵝不會來拜訪我們了。如果到了南極而沒有看見企鵝，簡直就等於沒有到過南極，那該是多麼遺憾啊！就在這種焦急不安的心情當中，盼來了一年一度的感恩節。我倒無所謂，因為這本來就不是我們的節日。但美國人卻每逢佳節倍思親起來，想家的情緒籠罩在每個人的心頭。為了打發這段難熬的時光，我們決定來個叫花子過年，窮樂呵。下工以後，大家鑽進那個擁擠狹小的儀器車裡，說說笑笑，打打鬧鬧，吃著火雞，喝起酒來。幾杯下肚，馬西婭首先失去常態，顯出醉意，嘴歪眼斜，語無倫次。接著是那幾個美國學生，一個個直眉瞪眼，臉紅脖子粗，手舞足蹈，大喊大叫起來。薑畢竟還是老的辣，直到最後麥金尼斯教授方才顯出英雄本色，他一面和馬西婭對飲，一面大聲埋怨他的妻子管得太緊，害得他平時從來不敢到酒吧裡去。後來，他們一個個都不能自制，便衝到雪地上狂奔，大叫，像是一群瘋子。覺得還不過癮，又吵吵嚷嚷地跑到附近的一個冰洞裡胡鬧去了。那天正是我值日，便留下來刷碗。等把東西整理好以後，已經是十二點了，見太陽依舊懸在半空，便拍了一張照片，題為感恩節午夜的太陽，以為留念。然後，拖著疲憊身子鑽進了盼望已久的帳篷，剛想躺下，忽然外面傳來了兩聲奇怪的鳥叫，不是賊鷗，倒有點像是鴨子。難道在南極還有鴨子嗎？在好奇心的驅使下，我又從帳篷裡爬出來，向叫聲傳來的方向望去，啊！原來是一隻企鵝！牠站在那裡東張西望，似乎正在猶豫不決，不知道是否應該到我們的駐地來拜訪，因此大叫了幾聲，大概是在打招呼。見此情景，我真是欣喜若狂，奔了過去。那隻企鵝見了人，好像也滿心歡喜，撲打著翅膀，步履蹣跚地迎上來，像是久別重逢似的。我趕緊把鏡頭對準牠，咔嚓咔嚓地拍起照來，而牠卻像是一個老練的演員，在鏡頭面前表現得鎮定白若。在我的陪同之下，牠連蹦帶跳地來到了我們的營地，轉來轉去地巡視了一遍，對於我們的帳篷似乎特別感興趣。後來，大概是因為經過了長途跋涉的緣故，看樣子有一點累了，便在我的帳篷旁邊臥了下來，縮起腦袋，打起瞌睡來。我蹲在牠的身邊，仔細地打量著牠那一身美麗的羽毛，從頭到尾，柔軟細密，前面白得閃光，背部黑得發亮，確實像是一套上等質料的燕尾服。從童年到現在，幾十年過去了，我終於實現了自己的夢想，親眼見到了這種曾經引起無數遐想、帶有神祕甚至傳奇色彩的動物，而且就在南極。於是激動起來，不由得伸出手來，小心翼翼地撫摸了一下牠的腦袋。誰知牠卻咚地站了起來，一反其文雅的常態，擺出了一副迎戰的架式，像是面臨大敵，隨時準備拼死一搏。看了牠那種認真的樣子，我忍不住撲哧地笑了，說：「好朋友，你實在誤解了我的好意。」為了不再打擾牠，我也就鑽進帳篷睡覺去了。正在輾轉於夢鄉，又回到遙遠的祖國的時候，卻忽然被企鵝的叫聲所驚醒，睜眼看時，正是清晨三點鐘。我趕緊鑽出來一看，見那企鵝已經踏上征途，匆匆離去，那叫聲大概是向我告別的。我很想說上幾句再見或一路平安之類的話，但因語言不通，也只好眼睜睜地望著牠那背影漸漸消失。這就是我第一次看到企鵝時的情景，這情景將作為極其珍貴的記憶，永遠留在我的腦海裡。美國人在感恩節總要感謝上帝賜給了他們以幸福，但我在南極度過的這個感恩節卻另有一番重要意義，我實在應該感謝那隻企鵝，是牠給我帶來了快樂。

幾天之後的一個下午，大風吹得積雪飛散，無法工作，只好收工。回家的路上，忽然望見一隻企鵝正匆匆忙忙地從我們的駐地旁邊走過。這時，大家立刻跳上摩托車追了上去。有趣的是，當牠發現了我們之後，就像是見到了久別重逢的老朋友似的，撲打著翅膀以飛快的速度向我們跑了過來。相遇之後還不斷地點頭哈腰，彷彿是為剛才的匆匆而過深表歉意。我們紛紛打開相機，一齊對準牠拍照，牠卻從容不迫，神氣活現，還不時地環顧四周，應付自如，好像是在舉行記者招待會。

野外工作終於結束了，雖然只有三個星期，卻像過了幾年似的。值得慶幸的是，我們到底還是看到了企鵝，總算心滿意足了，因此，野外再也沒有什麼東西值得留戀的了。儘管艱巨的任務已經把大家搞得筋疲力盡，但每個人的臉上還是露出了輕鬆的微笑。我們把所有的裝備分裝在幾輛汽車上，排成一個長長的隊伍，浩浩蕩蕩地向基地進發，後面還拖著一個雪橇，在冰面上左右擺動，上下顛簸。走著走著，忽然聽到後面有什麼東西在叫喚，回頭一看，原來是四隻企鵝跟在我們後面拼命地追趕。顯然，牠們是望見了我們的雪橇，不知道是什麼東西，覺得好奇，所以緊追不捨。我們趕緊把車子停下，走上前去表示歡迎。為首的那隻大概是牠們的頭頭，先點頭哈腰地走過來，繞著雪橇轉了一圈，斷定了沒有什麼危險之後，其他三位才跟了上來。牠們在車子周圍轉來轉去，前後左右地巡視了一會，便拍打，拍打翅膀，心滿意足地告辭了。我們一齊向牠們揮手，高聲喊道：「再見了，謝謝你們前來送行。」牠們卻頭也不回，只顧趕自己的路。

我在南極最後一次看到企鵝，是在羅斯島上搞重力測量的時候。那天，我們在一個觀測點碰到了幾個澳大利亞人，他們正在焦急地等待直升飛機。那一帶沒有什麼積雪，赤露地表的是大片黑色的火山灰。離觀測點不遠的地方有一棟木製的小房子，在這荒無人煙的地方真是絕無僅有，所以顯得格外突出。觀測完畢之後，我們便都湧到那座房子裡去參觀。只見裡面還有一些破舊的衣服，女人靴子，瓶瓶罐罐，刀叉炊具之類。房子周圍堆放著許多罐頭、食品、狗食、草捆、狗窩等等，似乎房子的主人剛剛離去不久似的。但看過了釘在房子上的一塊銅牌之後，方才知道，這房子原來是英國著名的探險家沙克爾頓於一九〇七到一九〇九年間率領英國探險隊在這裡修建的，距今已經七八十年了，但因建造的比較堅固，又沒有什麼人為的破壞，所以仍然完好無損。

參觀完畢，我站在高處往遠處眺望，忽然發現，離這裡只有幾百米的地方就有一個企鵝聚居區。成千上萬隻企鵝集中在一塊不大的坡地上，黑壓壓的一片，洋洋大觀。看到這種景象，我驚喜萬分，抓起相機奔了過去，衝到企鵝中間咔嚓咔嚓地照起相來，但企鵝們大都忙於孵卵，對於我的到來並不在意，現出一種無動於衷的神氣。並不像遊動的企鵝見到人時那樣的親切和好奇。看看牠們的住所，也非常簡陋，只有幾塊石頭或一點點冰雪，很難看出它們之間有什麼區別。但企鵝們卻很精明，牠們不僅能在成千上萬、密密麻麻的窩中準確無誤地找出自己的家來，而且還能年復一年地長期使用。正當我在聚精會神地參觀訪問的時候，那位美國機長卻像一隻賊鷗一樣伸著脖子在我的身後大喊大叫起來。我聽不清他說的是什麼，還以為他是叫我趕快回去上飛機。誰知走回來以後，他指著一塊小小的木牌吼叫道：「這裡是企鵝保護區，你越過這塊牌子就要罰款五千美元！」我確實沒有看到那塊鬼牌子，所以只好對他表示歉意。回頭看看那些企鵝，只見牠們都在專心致志地撫養著後代，只有幾隻年幼的企鵝在附近的雪地上追逐嬉戲，就像是在村頭玩耍的孩子。後來聽說，以前由於經常有人到這裡來參觀，致使好奇的企鵝母親忘記了照看自己的孩子，一些幼小企鵝或者被凍死，或者被賊鷗偷了去。從一九七五年起，這一帶企鵝的數量在明顯地減少，為了保護牠們免遭滅頂之災，便把這個企鵝村劃為禁區，所以那位機長的吼叫是情有可原的。

南極企鵝一共有七種，牠們是：帝(emperor)企鵝，安德雷(adelie)企鵝，傑尼突(gentoo)企鵝，環(ringed)企鵝，王(king)企鵝，跳岩(rockopper)企鵝和馬卡朗內(macaroni)企鵝。前四種生活在南極大陸，後三種則生活在沿海島嶼上。其中個頭最大的是帝企鵝，身高一百二十公分左右，體重可達四十一公斤。我們所看到的是安德雷企鵝，身高只有六十到七十公分。由於天敵很多，安德雷企鵝在長成之前死亡率是很高的，可達百分之七十左右。但有幸存活下來者壽命卻很長，有的可以活二十多年。聰明的企鵝總是把自己的住所選在沒有冰雪的地方，以防被暴風雪埋沒。但南極沒有冰雪的地方很少，所以企鵝居住得往往非常集中，據估計，有的聚居區企鵝的數量甚至可達二十五萬隻。

企鵝之所以能夠抵禦南極極度的嚴寒，不僅因為牠們的皮下脂肪特別厚，而且牠們的羽毛也特別光滑，覆蓋嚴密，風一吹就緊緊地貼在身上，有效地防止了熱量的散失。當企鵝伏在窩裡的時候，因為其羽毛的保溫作用特別強，所以雪下到身上也不會融化。於是便形成了一個隔熱層，就像蓋了被子似的，同樣起到了保溫作用。但是，有其利也有其弊，一到夏天，天稍微暖和一點，牠們就會熱得受不了。通常企鵝是站立起來或張開嘴巴呼吸來乘涼，牠們那沒有毛的臉部和羽毛稀少的頭部也有助於散發熱量。除此之外，牠們還可以利用梳理羽毛、呼扇翅膀、叉開雙腳等方法將身體內多餘的熱量散發出去，當這些方法都無濟於事時，牠們就會跳進大海裡去痛痛快快地洗個澡。

絕大多數企鵝都是在夏天孵卵，只有高大的帝企鵝把孵卵期選在極端寒冷而且黑暗的冬季，特別有趣的是，雌企鵝下了蛋後就算完成了任務，而將蛋交給雄企鵝去孵，自己跳到大海裡去找東西吃。可憐的雄企鵝要把蛋托在自己的腳丫子上，並用身體嚴密地保護起來，整個冬天不吃不動，實在凍得受不了時，就擠在一起暖和暖和身子。這樣要一直堅持到第二年春天，小企鵝孵出來了，企鵝媽媽也從大海裡回來了，並給小企鵝帶來了食物。這時，企鵝爸爸就把孩子交給媽媽，自己一頭栽進大海去飽餐一頓，以恢復體力。真是可憐天下父母心啊！

企鵝的數量很多，大約佔南極所有海鳥總數的百分之八十五。牠們大約有一半時間生活在陸地上，一半時間生活在海裡。因此，把企鵝稱之為南極居民是當之無愧的。

風極漫談

如果說，南極給我留下的第一印象是無邊無際的冰雪，那麼，它留給我的第二印象就是沒完沒了的大風。實際上，南極也是地球上風最多最大的大陸，因而有「風極」之美稱，對於這一點我是早有所聞的。一九六〇年十月十日下午，風和日麗，在日本昭和基地進行科學考察的福島博士，從食堂走出來去餵狗，突然刮起了每秒三十五米的暴風雪，他躲閃不及，被席捲而去，飄飄如仙，不知去向。七年之後，即一九六七年二月九日，人們在距離昭和站四點二公里的地方發現了福島先生的遺體，由於極端的寒冷和乾燥，所以保存完好，變成了一尊木乃伊。但是，眼見為實，只有在親身經歷之後，我才真正地體會到了這個「風極」的確切含義。

剛剛到達南極的時候很是幸運，正好遇上了一個風小的時刻。一下飛機，只見風和日麗，白雪皚皚，心情頓覺豁然開朗，旅途的緊張和疲勞一下子都煙消雲散了。由於心情激動，熱血沸騰，所以雖然身處冰天雪地之中，卻也並沒有感到怎樣的寒冷。當時立刻掏出相機，拍下了這一寶貴的鏡頭。但等到了基地，放好東西，匆匆忙忙地跑出來想拍幾張基地風光時，老天爺卻突然變了臉，只見大風呼嘯，飛雪瀰漫，連地上的小石頭都被吹得連滾帶爬。人更是寸步難行，無法睜眼，更談不上照相了。回到屋裡，不勝感嘆，沒有想到剛來到南極，老天爺就給了一個下馬威，對於南極氣候之厲害，變化之劇烈，算是初步領教了。當然，這還僅僅是開始。

相對來說，美國基地裡的生活條件是相當優越的，不僅吃住不用發愁，而且當暴風雪襲來的時候，你可以待在房間裡不出來。但是，野外工作就沒有這麼輕鬆了，每天從早晨六點起床，到晚上八九點鐘收工。一幹就是十幾個小時。因為太陽是不落的，所以不必擔心有什麼事情在天黑之前幹不完。為了趕任務，大家都在拼命工作，中午也不休息，餓了就吃幾口巧克力充饑，一直幹到精疲力竭為止，所以收工的時候，一個個都累得像一灘稀泥。即使如此，也還必須硬挺著，因為首先要搭好帳篷。帳篷支好以後，還必須用積雪把周邊緊緊壓住，開始時我對此很不以為然，覺得實在是多此一舉，所以總是馬馬虎虎地扔上幾塊雪塊就算完事。由於低估了風的力量，所以很快就嘗到了苦頭。後來有一天，大風吹得人站都站不穩，行走就更加困難，實在無法再幹下去了，只好停工休息。當我們掙扎著走近帳篷時，都驚呆了。原來壓在帳篷周邊的積雪早被吹得一乾二淨，在大風的鼓動之下，三個帳篷都在嘩啦嘩啦地扇動著翅膀，準備起飛。看到這種情況，大家都急了眼，因為如果帳篷被刮走，我們就將陷入異常危險的境地。所以立刻扔掉手裡的東西，奮不顧身地撲了上去，經過一陣緊張的戰鬥，好不容易才把帳篷重新固定住。但是，事情還遠遠沒有結束。晚上躺下去以後，覺得全身癱軟，又困又乏，連動一下眼皮的力氣也沒有了。然而，帳篷卻被吹得嘩嘩亂響，像是頭頂在敲鼓，大風還在外面尖聲怪叫，像是魔鬼在唱歌，所以躺在睡袋裡翻來覆去，怎麼也睡不著。回想起剛才的情景，不禁有些害怕，如果我們晚來一步，帳篷肯定就沒有影了，那時就非被凍成冰棍不可。自那以後，每次架好帳篷以後，我總要在周邊厚厚地壓上一層雪，並且用腳踩實，再也不敢馬馬虎虎了。

在南極，老天爺的威風似乎總也耍不完似的，到我們野外工作快要結束的時候，老天爺決定再給我們點顏色看看。有一天，一場大風把我們工作地區的積雪吹得乾乾淨淨，露出了平平的冰面，光滑而透明，腳下則是羅斯海，黑洞洞的深不見底。雖然明明知道冰有二三米厚，安全絕無問題，但是走在上面，還是提心吊膽，如履薄冰。我們開著車轉來轉去，跑了好久也沒有找到一塊有積雪的地方可以作為宿營地。後來，好不容易在一個冰山旁邊找到了一片厚厚的積雪，於是決定就在這裡安營紮寨。剛要卸下東西，只見天邊烏雲翻滾，漆黑一團，貼著地面滾滾而來，像是要把地上的一切都壓碎碾平似的。麥金尼斯教授一看大事不妙，便大喊一聲：「快搭帳篷！」可是已經晚了，只聽得一聲呼嘯，狂風驟起，把正在指手劃腳的麥金尼斯掀翻在地，幸虧他有多次在南極工作的經驗，順勢就地一滾，把剛要起飛的帳篷緊緊壓住。南極的服裝本來都是特製的，風吹不透而汗水卻可以散發出來，但在這種大風中也失去了效力，就像是只穿了一件單褂似的，被吹了個透心涼，一個個都凍得哆哆嗦嗦，連最強壯的巴里這時也有點頂不住了。在這種情況下，唯一的生路就是奮起拼搏，畏懼和退縮都只能意味著束手待斃。於是大家一擁而上，七手八腳，竭盡全力，甚至連牙齒都用上了，總算把帳篷架了起來。當我們鑽進睡袋，暖暖和和睡下的時候，大風仍在外面咆哮，肆虐，彷彿是因為沒能把我們制服而惱羞成怒，一陣陣地向帳篷猛撲，整個大地都為之顫抖，像是招架不住了似的。而我們呢？雖然一個個都累得筋疲力盡，卻滿懷著勝利的喜悅，漸漸地進入了夢鄉。

也許是勝利沖昏了頭腦吧，稍一疏忽，又差點吃了老天爺的虧。第二天早晨，當我醒來時，聽到外面風聲小多了，於是趕緊爬起來，捆好行李，扔出帳篷，整理行裝準備搬家。這時狂風終於找到了可乘之機，悄悄地將我剛剛扔出來的鋪蓋卷吹跑了。在開闊的海面上，就像脫韁的野馬一樣，向大海狂奔而去，等我從帳篷裡鑽出來時，早已逃得無影無蹤了。幸好傑克發現，跳上摩托車追了過去，終於在離無冰的海面不遠的地方將兩個逃跑的鋪蓋卷捉住。好險啊！再晚一步它們就會跳進大海，飄然而去，到那時就只好拜拜了。

經過多次較量之後，我深深地體驗到，南極的風實在厲害，不僅多而且大，不僅大而且刁，常常神出鬼沒，變幻莫測，出你不意，攻你不備，使你防不勝防。因此在野外工作期間，我們總是時時謹慎，處處小心，隨時提防著暴風的突然襲擊。儘管如此，我還是差點送了命。

返回基地之後，大家都很高興，也許是因為終於脫離了險境，度過了難關的緣故吧，所以都有一種說不出來的輕鬆感。美國同事們更是興高采烈，他們正在籌劃著怎樣回去過聖誕節了。但是，按照預定的計劃，我卻還有一項艱巨的任務，那就是乘直升飛機在羅斯島上進行一次重力觀測。但是，接連幾天的暴風雪使飛機根本無法起飛，所以只好一延再延。直到十二月八日，風終於小下來了，基地裡傳來了命令，我和三個紐西蘭同行一起，帶上各自的重力儀，乘上飛機出發了。

從空中來看，羅斯島並不大，海岸線彎彎曲曲，其形狀就像是一朵飄在海上的玫瑰花。我們在空中搜尋著，凡是沒有冰雪而飛機又能降落的地方都進行了重力測量。風仍然很大，一陣陣地向飛機猛撲，小小的直升飛機就像是一隻掙扎在狂風中的蜻蜓，抖動著，搖晃著，有時忽然被拋上去，有時突然被壓下來。這時，人們的心也隨著飛機的顛簸，一上一下，像是要跳出來似的，連我這個從來也沒有感到暈機的人也覺得心肝五臟都在上下翻騰，翻江倒海，實在有點昏昏然了。當我們完成了最後一個測點，從埃拉波斯火山的背後轉過來時，意外的事情發生了。一陣狂風捲著積雪，從山的那邊突然竄了出來，撲向飛機，好像是早就埋伏在那裡等候多時了似的。機組人員被這突如其來的襲擊搞得措手不及，飛機頓時失去了控制，像是斷了線的風箏，自上而下直掉下去。這時，機艙裡面鴉雀無聲，甚至連人們的呼吸聲也聽不見了。我坐在最外邊，透過玻璃看下去，只見堅硬的冰雪正在飛快地向我們逼來，一場可怕的事故看來是不可避免了。這時，我的心也迅速地沈了下來，不由自主地閉上了眼睛，想，完了，生死牌看來要派上用場了。就在這千鈞一髮之際，富有經驗的機組人員憑著熟練的技術，沈著應戰，扭轉乾坤，終於在離地面不遠的地方控制住了局勢，飛機搖搖晃晃，又開始慢慢地上升了。只有到了這時，飛機裡面所有的人才不約而同深深地舒了一口氣。

回到基地，下了飛機，有個紐西蘭同行幽默地在胸前劃了個十字，祈禱似地說：「天哪，我們今天總算活著回來了。」逗得大家都笑了起來。狂風仍然在怒吼，但卻再也奈何我們不得。

就這樣，我雖然沒有像福島那樣被刮到天上去成仙，卻也差點被拍到地上一命嗚呼。由此可見，南極真是名副其實的風極！

地質學家的功績

人生之路是難以預測的，所以只好把一切都歸於命運。回想起來，我之所以選擇了地質這一行，是因為喜歡遊山玩水，總是夢想能跑遍天下的名山大川，以飽眼福，因而考入了地質學院。但入學之後又後悔了，因為聽說地質工作不僅艱苦、單調、流動性大，而且作為一門科學來說，地質學還被認為是一門不太科學的科學，因而被人瞧不起，自己也便氣餒起來，覺得實在是進錯了門，走錯了路，似乎比人家矮了半截似的。不過還好，值得慶幸的是，我學的是地球物理專業，這比起普查和勘探等純地質專業來，不僅可以多學點數學和物理知識，而且將來工作起來還有儀器可以操作，而不必使用原始的羅盤和鎚子，於是又飄飄然，似乎尚有驕傲的餘地。因此，當聽到「上山背饅頭，下山背石頭」，「遠看像逃難的，近看像要飯的，仔細一看原來是搞勘探的」等戲言時，我也曾開懷大笑過，卻不是笑自己，而是把自己劃在圈外，以地球物理之先進傲視地質勘探之原始。然而，現在，經過了南極的洗禮之後，我卻認為，必須給地質學家，特別是那些在南極工作的地質學家們說幾句話，因為有一件事情深深地打動了我。

從野外回到基地以後，有一天，我們乘直升飛機到冰川上去考察，正在飛行之中，駕駛員突然接到基地指揮中心的命令，要他去執行一項緊急救援任務，搶救一位掉進冰川裂縫裡的地質學家。於是立刻改變航向，向橫貫山脈的腹地飛去。當我們以最快的速度趕到出事地點的時候，另外一架直升飛機已經先期到達，那位掉在冰洞裡的地質學家也已經被救了上來，但仍然處於昏迷之中。使我感到驚訝的是，他竟是一位白髮蒼蒼的老人，看上去足有六十開外的年紀。大家冒著刺骨的寒風，七手八腳地將他抬上了我們乘坐的直升飛機，駕駛員立刻緊急起飛，以便盡快地趕回基地。飛著飛著，那位可敬的老地質學家忽然醒了過來，只見他睜大驚恐的眼睛，匆匆地坐了起來，伸手在身邊四處尋找，口中喃喃地說：「天哪！到底發生了什麼事？我的石頭，我的標本，我的那些標本哪裡去了?!」旁邊的人趕緊把他按住，讓他躺好。他大概也想起了剛才發生的事，便閉上了眼睛，流出了兩顆晶瑩的淚珠。飛機在基地降落以後，早就等在那裡的救護車立刻把他送進了醫院。

幾天之後，又是一個大風天氣，刮得天昏地暗，風雪瀰漫，連招待所那座堅固的木製小樓也被吹得搖搖晃晃，咯吱亂響，似乎有點支撐不住了似的。和我同住的那位生物學家前天已經起程回國，只剩下我一個人躲在房間裡正好寫點東西。忽然，門開了，有人邁著沈重的步伐走了進來。我抬頭一看，啊，正是那位地質學家。我趕緊站起來和他打招呼，他卻只是簡單地應了一聲，便悶頭整理自己的東西。當我問他那天到底發生了什麼事時，他也只是輕描淡寫地說，那天他完成野外任務，正高高興興地準備返回營地時，一不小心，連同所有採集來的岩石標本，一下子都掉進冰窟窿裡去了。說完聳聳肩膀，便伏在桌子上埋頭看起書來。我覺得他似乎是話不投機半句多，只好敬而遠之。就這樣，我們沈默了好幾天，除了簡單的招呼之外，則是各人默默無聲地做自己的事。有一天晚飯之後，我們同時回到了房間，出於禮貌的考慮，我隨便問起他有關南極的地質情況。沒有想到，這下子卻打破了我們之間令人難堪的僵局。只見那位一向沈默寡言的老地質學家，眼裡閃出興奮的光芒，他把自己的著作搬到了我的桌子上，就像給學生講課似的，滔滔不絕地給我介紹起南極的地質來。自那以後，他一反其傲然而冷漠的常態，變得極其熱情而且誠懇。特別是當他知道我是從中國來的時候就更加友好。他說他非常希望中國的同行也來研究南極地質，並且深信中國人在這方面也一定會做出應有的貢獻的。

時間很快，轉眼就是十二月中旬了。絕大多數美國人都在收拾行裝，張羅機票，心急火燎地準備著回家去過聖誕節。我的同屋約翰史密斯先生卻在積極準備再一次到野外去。他還要到橫貫山脈去繼續他的地質考察，甚至不顧別人的勸阻，堅持要到那個冰窟窿裡去把自己丟失的岩石標本找回來。他愈來愈焦躁不安，急得團團亂轉，對沒能給他安排上直升飛機的工作人員大發脾氣。當人們勸他說：「你一個人到野外去是會再次遇到生命危險的。」他則大聲回答說：「我的生命在野外，而不是在基地的房間裡。」每逢這時，我就出來打圓場，勸他冷靜，請他等待，這樣我們就可以在一起多住幾天了。我的話有時能夠奏效，但有時他也不予理睬。在無計可施的時候，我就使出唯一的絕招，就是請他給我解釋某一個地質問題。這樣他很快就冷靜下來，變得和顏悅色，不多一會我們就又說又笑了。

經過這一段接觸之後，我們成了很好的朋友，無所不談，形影不離。約翰今年六十一歲，仍是獨身。他從事南極地質研究已經有許多年了，在世界地質界頗有一點名氣。當我問他為什麼不結婚時，他詼諧地說：「在現在這個世界上，我只愛一個東西，那就是南極。」我聽了以後哈哈大笑，打趣地說：「愛情總是熱的，而南極卻是冷若冰霜，你怎麼愛得如此之深呢？」誰知他聽了以後，突然嚴肅起來，認真地說：「對我來說，生命的意義就在於去做那些別人不想去做、不敢去做，或者認為沒有辦法去做的事。」我聽了以後肅然起敬，覺得他實在是我的良師益友，結識這樣一個朋友，也是我南極之行的重要收穫。

幾經周折，基地指揮中心終於給約翰安排好了直升飛機，並且派了兩位年輕的地質學家與他同行。我把他送到機場，擁抱之後，他健步走上飛機，坐好，眼睛注視著正前方，又恢復了先前那種冷漠而嚴肅的神情。飛機漸漸升空，我望著他越飛越高的身影，心中暗暗為他祝福，祝他一路平安，工作順利。

回到房間以後，覺得空蕩蕩。無力地坐在沙發上，心中悵然若失，想閉上眼睛休息一下，面前卻總是晃動著約翰的影子。特別是那蒼白的面頰和晶瑩的淚珠，使我更加惴惴不安，這一分別彷彿就是訣別似的。於是心想，南極如此之廣大，氣候如此之惡劣，交通如此之不便，條件如此之艱苦，地質學家們所面臨的任務實在是太艱巨了。時到今日，當他們要弄清某一地區的地質情況時，既不能坐火車，更不能乘飛機，甚至連自行車也無法騎，而是必須邁動雙腳，翻山越嶺，非得親自跑遍那一地區的峰峰梁梁，溝溝壑壑不可。然而，那些最新最先進的科學技術，不管是衛星也好，火箭也好，計算機也好，電視也好，又有哪一樣能少得了地質學家們的功勞和汗水呢?因此，毫不誇張地說，地質學家們用自己辛勤的勞動為人類社會的現代化奠定了基礎，而他們自己呢，卻仍然在使用著相當原始的羅盤和鎚子。這些以創造人類的幸福為己任的英雄們難道不值得歌頌嗎?

臨別寄語

聖誕節一天天地臨近了，基地裡的美國人紛紛離去，餘者也是行色匆匆，惶惶然不可終日。也許是受到感染的緣故吧，我也有點坐立不安，歸心似箭了。一九八二年十二月十一日一早醒來，趕忙奔到窗前去看天氣，預定去紐西蘭的飛機今天起程，但最後的決定權還握在上帝手裡。而南極的上帝是從不願意成人之美的，常常是翻手為雲，覆手為雪，喜怒無常，難以琢磨。果不出所料，到十一點時，忽然接到指揮中心的電話通知說，因為風大，今天的航班又取消了。無可奈何，只好怏怏地往食堂走去，心中暗暗寄盼著，希望這能是在南極的最後一頓午餐。

走進食堂一看，裡面冷冷清清，就餐的人數已經大減，與往日喧譁熱鬧的情景形成了鮮明的對照。我取了飯菜，在一張桌子旁邊坐下來，剛想開吃，門開處，進來了一個黃種兄弟，因為是新面孔，所以眾目睽睽，引起人們格外的注意。但我卻覺得似乎有點面熟，後來突然想起來了，早在華盛頓開會時，我就曾見過，因為他的英語講得有些怪，所以便斷定他是日本人，因而也就敬而遠之，不曾有過什麼接觸。沒有想到現在又見面了，而在所有的人中，也只有我們兩個是東方人的黃面孔，所以顯得格外突出。也許是物以類聚，人以群分的緣故吧，他取了飯菜之後便徑直地朝我走來，並在對面坐了下來。出於禮貌，我向他微微地點了點頭，就算是打了招呼。他也默默不語，低頭就餐，似乎正在細細地品嘗著盤裡的食物。我吃完之後，剛想離開，忽然靈機一動，很想驗證一下自己的判斷能力，便輕聲問道：「您是日本人吧？」那口氣自然是相當肯定的。但是，他卻用一種奇異的眼光瞟了我一眼，冷冷地說：「不，我是美國人。」便低頭不語了。我討了個沒趣，自知失禮，勉強地笑笑，起身告辭。走出食堂，是一片空地，稍不注意，被什麼東西絆了一下，便重重地摔了下去，正在這時，忽然有人拉了我一把，才免遭一個嘴啃地。我感激地回頭一看，正是那位黃種兄弟。剛想道謝，他卻突然用道地的中文關切地說：「要多加小心。」我著實吃了一驚，愕然之餘，竟一時說不出話來。他大約看出了我的窘迫，淡淡一笑說：「我也是炎黃子孫。」真是一語值千金。如果說，在這之前，我們之間還隔著一座無形的冰山，那麼現在，頃刻之間，這座冰山就消融得無影無蹤了。我緊緊地握住他的手，不好意思地說：「請原諒，我剛才實在是大水沖了龍王廟，自家人不認自家人。」他搖搖頭說：「不必介意，你並不是第一個把我當成日本人的人。」說完，哈哈地笑了，並邀請我到他房間去一敘。

趙先生祖籍南京，但他很小的時候就跟隨父母輾轉來到美國，所以對於故鄉的印象已經非常淡漠了。他父親是位物理學家，在一家研究機構工作。當我問他為什麼不繼承父業時，他笑笑說：「我從小就很任性，總想獨立生活，因為覺得生物都是有生命的，研究起來一定很有意思，所以便選擇了這個專業。」他到南極是來研究魚類的。據他介紹說，一般的魚類在南極冰層覆蓋下的海域中很難生存，因為牠們不僅抵禦不了這裡的嚴寒，而且在游動的過程中，身體一接觸到冰，很容易就會被冰住。只有南極魚是例外，牠們不僅不怕冰，而且即使在攝氏零下一點八度的海水中照樣游動自如。

「為什麼呢？」我好奇地問道。

趙先生接著解釋說：「據猜測，牠們的血液中很可能有某種特殊物質，所以才會有這種特殊本領。如果能將這種物質提煉出來，或者搞清它的成份之後用人工加以合成，再注射到人或其他動物的血液裡，很可能會大大地提高耐寒能力，這無論是在科學研究還是實際應用，特別是軍事醫學等方面，其意義都是非常重大的。這就是我的研究課題。」

「那麼，在南極覆冰海域，除了南極魚之外還有其他魚類嗎？」我追問道。

「當然有的。」趙先生回答說，「不過牠們大多生活在海底，基本上屬於深海魚類。你知道，深海魚類，因環境特殊，故自成一族。因長期生活在高壓之下，所以行動遲緩，神情呆滯；世代居於黑暗之中，所以視力退化，目光淺短；海底沈寂無聲，無任何信息，所以聽力衰竭，反應很慢；深水之中營養物質匱乏，因而魚類的體形一般都比較瘦小，壽命也比較短促。久而久之，必然進化緩慢，樣子原始，成為一群活的化石。因此，單從這方面看，深海魚類似乎是很可憐的。然而，有其弊必有其利，海底雖然高壓、黑暗，卻既無貪得無厭的人類來捕殺，也無嗜殺成性的鯊魚橫行，因而魚們可以無憂無慮，怡然自得，好像生活在世外桃源一般。若從這方面看，生活在深海的魚類倒是很幸運的，甚至是令人類羨慕的。」說到這裡，趙先生停了下來，仰身靠在椅背上，陷入了沈思。

這時，我忽然又想起了在野外看見的那隻鳥，至今還不知道那到底是一隻什麼鳥，便提出來向趙先生請教。根據我的描述，趙先生斷定說：「那很可能是一隻燕鷗，或者是一隻雪海燕。」說到這裡，他似乎突然興奮起來，兩眼炯炯有神，望著我說：「你知道地球上最了不起的鳥類是什麼嗎？」

我因為毫無思想準備，而且平時也很少想到這樣的問題，便隨口答道：「是鴕鳥吧？」

他聽了搖搖頭說：「不，鴕鳥雖然是世界上最大的鳥，跑得也很快，卻並沒有什麼了不起，因為牠不會飛，這就失去了作為鳥類的最基本的特徵。而且，一遇到危險，便把腦袋埋進沙子裡，實在是很愚蠢的。」說到這裡，他哈哈地笑了起來。

「那也許是老鷹吧？」我趕緊改口說。

「不！」趙先生仍然搖搖頭，「老鷹的眼睛很好，爪子也很厲害，但牠的一生基本上是在一個不大的地區打轉轉，活動的範圍是很小的。」

這時，我突然想到了企鵝，便急忙插嘴說：「那肯定是企鵝了。」

「不！」趙先生笑得更開心了，「企鵝確實很好玩，在所有的鳥類當中，牠也許可以算得上是一個乖孩子。但是，要知道，乖孩子並不一定是最有出息的孩子。」

「那會是什麼呢？」我迷惑地問道，有點不解其意。

「是燕鷗。」趙先生的神情忽然嚴肅起來。「燕鷗在北極繁殖，而到南極越冬，每年要在兩極之間飛一個來回，按最短的距離計算至少也有三萬六千公里。在這漫長的旅途中，牠們必須飛越千山萬水，搏擊狂風惡浪，歷盡千難萬險，戰勝嚴寒酷暑，這需要有多麼堅強的意志和頑強的毅力啊！人類發展到現在，雖然已經飛上了月球，進入了太空，但若想要在南北兩極之間每年往返一次，恐怕也絕非一件容易的事。」

聽到這裡，我驚奇不已，世界上竟有如此偉大的鳥類，這是以前聞所未聞，甚至連想也不曾想到過的，於是便暗暗地希望自己所看到的那隻鳥能是一隻燕鷗而不是雪海燕。

也許是同根相連的緣故，又是相逢在天涯，我們很快便成了知己，痛痛快快地聊了一個下午，晚飯之後，又一起登上了觀察峰，眺望著周圍的綺麗景色，默默地與南極告別。我很快就要離開了，趙先生在取了魚的血樣之後，也將很快返回美國。下山的時候，趙先生唱起了《龍的傳人》這首歌。歌聲在空曠的山谷中回響，顯得更加激越，唱完之後，他顯然有些激動，拉著我的手說：「我很喜歡這首歌，但並不喜歡把自己稱做龍的傳人。」

「為什麼？」我不解地問。

「因為若從生物學上來說，龍這種東西並不存在，只不過是我們祖先想像出來的圖騰而已。因此，如果我們把自己看做是龍的傳人，豈不成了無源之水、無本之木了嗎？」說到這裡，他停了下來，踢著腳下的碎石，似乎在思考著什麼，然後抬起頭來，望著遠處說：「當然，地球上也曾經有過龍，那就是恐龍，但早在人類之前許多萬年，恐龍就已經絕跡了。關於恐龍滅亡的原因，生物界有各種各樣不同的看法和解釋，但我認為，最根本的原因還在恐龍自己。你想，恐龍長著一個小而簡單的腦袋，卻有一個相當龐大的軀體，所以反應遲鈍，運轉不靈，外界環境稍有變化就適應不了，因此，牠們的滅亡是命中註定了的。」

回到宿舍，已經十點多了，但趙先生談興未盡，仍然滔滔不絕。他談到了自己的工作，談到了自己的研究，談到了自己的愛好，談到了自己的生活。當我問到他作為一個美國人的感受時，他若有所思地說：「是的，我是一個美國人，可以說是一個地道的美國人，但卻並不是一個完全的美國人，因為無論是在心理上，還是在感情上，總是很難跟中國這塊古老的土地和文化絕然分開。也就是說，無論我做出怎樣的努力，我的精神生活中有一部分仍然是和中國連在一起的，也許這就是所謂的藕斷絲連吧。這好像一個從小就跟著後媽一起生活的孩子，儘管後媽待他很好，但也很難使他徹底忘掉自己親生的母親。」說到這裡，趙先生站了起來，在房間裡踱來踱去，似乎是在自言自語，「人就是這樣，總是生活在矛盾之中，思前想後，患得患失，真是進亦憂，退亦憂。按理說，中國與我已經沒有什麼關係了，我卻仍然關心著她，思念著她，希望她能一天天的好起來。而我的孩子們就大不一樣了，他們和美國人完全一樣地思考和行事，絲毫不受東方文化的影響和約束。這本來是很自然的事，但不知為什麼，看了他們那種樣子，有時我會覺得不太舒服。由此可見，要隨時保持心理上的平衡並不是一件容易的事。」

夜深了，陽光從窗口斜照進來，撒在地上，白花花的。趙先生戀戀不捨地起身告辭，並約我明天和他一起去捕南極魚。

在機場上焦急地等待了一天之後，飛機終於於十二日晚上九點離開了地面，不，是冰面，調頭往北飛去。望著腳下徐徐離去的大陸和漸漸臨近的海洋，似有所得，又有所失。四十九天的南極生活已經成為過去，但在心靈當中卻留下了難以磨滅的印記。忽然又想起了趙先生，想起了燕鷗，想起了他所研究的南極魚。於是感慨繫之，心潮起伏，湊成幾句，作為臨別寄語：

大洋茫茫，奔騰不息，豈在一波一浪，一點一滴？
大陸蒼蒼，永存千古，豈在一岩一石，一草一木？
燕鷗展翅，志在萬里，豈在一上一下，一高一低？
人生在世，運籌帷幄，豈在一時一事，一得一失？

飛越南極圈

飛機像個巨大的怪物，在廣袤無垠的空中孤零零地往前滑行，四周是一個透明而無限延伸的空間，沒有任何依托，相比之下，小小的機艙則顯得異常的局限而狹窄，坐在裡面真像是待在一個大悶罐子裡似的，與寬敞明亮的客機相比，實在是有天壤之別。當然，如果閉上眼睛，光線的明暗也就無關緊要了；塞上耳朵，馬達的吼叫也就可以忍受；只有刺鼻的汽油味有點難以對付，因為鼻孔雖小，卻是不能隨便堵起來的，好在時間一長，也就習以為常，真是入鮑魚之肆，久而不聞其臭。我就這樣閉目靠在條椅上，靜靜地揣摩著飛機的起伏和抖動，漸漸地昏昏迷迷。忽然，有人大聲叫道：「現在正在飛越南極圈！」人們紛紛站了起來，匆匆奔到窗口，好奇地向外張望著，都想尋找一點特別之處。但是，除了茫茫無邊的汪洋大海和大海汪洋之外，卻看不到任何東西可以作為南極圈的標誌。於是，大家又都失望而歸，紛紛埋怨那叫喊者多事。只有我還不肯離開，東張西望地窺探著窗外，很想能看出個究竟來。

事情大凡都是如此，有利有弊，有得有失。我在南極的最後幾個小時，是在冰上機場極其簡陋的候機室裡度過的，焦慮不安，饑腸轆轆，既盼望著盡快離開，又擔心著飛機出事，一會兒暗恨天氣的可惡，一會兒又埋怨工作人員效率太低，真是怨天尤人，進退維谷，恨不得自己長出翅膀飛到天上去。卻不曾想到，在機場上耗費的這幾個小時，實際上是很值得的，因為如果是在紐西蘭的白天離開南極，正如來時一樣，就不可能知道南極圈究竟在哪裡。而現在，飛機正處在南極圈的上空，往後看看還有太陽，往前望去卻已見星斗；背後仍然是永晝，前方卻已經是黑夜；後方的天空呈湛藍，前方的天空呈灰黑；南面的海面泛金光，北面的大洋卻早已被黑暗所吞沒。漸漸地，太陽沈到了地平線以下，卻在遙遠的天邊，留下了一抹燦爛的紅霞，像一根平直的彩帶，緩緩地往後推移，愈來愈窄，愈來愈淡，最後終於為夜幕所代替。這時，夜沈沈，星滿天，看看錶，已是午夜十二點十分，飛機就這樣不知不覺地越過了南極圈。

也許是觸景生情的緣故吧，思緒頓時活躍起來，於是又想到了人生旅途。人在一生當中，總是要跨越許多界限的，如縣界、省界、國界、洲界以及大陸與大洋的邊界等。如果一個人一輩子也沒有出過縣，那麼大概總是要穿越鄉界的，如果他連鄉也沒有出，那他肯定要進出家門，可別小看那道矮矮的圍牆或籬笆，那卻正是把他家與外部世界分開的一道重要邊界；

如果他連家門也沒有出過呢？那麼還有一道界限，他是無論如何也必須通過，那就是從母體裡分離出來，這便是人生的開始，這一關是每個人都要過的。而且，除了空間上的界限之外，還有時間上的界限，社會上的界限，心靈上的界限和能力上的界限等等。因此可以說，人的一生就是在不斷地超越著各種各樣的界限中度過的，不穿越任何界限的人是根本不存在的。這正如一列往前奔馳的火車，總是在不斷地跨越著橫向的枕木一樣。所不同的是，雖然火車所跨越的枕木數量的積累決定了它前進的距離，但除此之外卻沒有留下什麼痕跡。而人生中所超越的界限，卻會給他後來的生活帶來深刻的影響和留下難忘的記憶。例如，空間界限的積累決定了人的見識，時間界限的積累決定了人的閱歷，社會界限的積累決定了人的地位，心靈界限的積累決定了人的品質。而所有這些積累的總和，則決定著人在各方面的能力。不僅如此，雖然人生中的許多界限也是在無聲無息、不知不覺中越過的，但也有不少界限，穿越起來卻並不那麼容易，而是要付出一定的代價，甚至必須做出極大的努力，因而就有成功和失敗，歡樂和痛苦，這就是生活。由此看來，人生的真正價值就在於奮力地跨越界限，不斷地擴大視野，逐步強化自己的信念，然後才能超越自我，也許這就是生命之真諦吧？當然，最後總是有一道界限是無論做出怎樣的努力也是無法超越的，那就是死亡，生命的列車到此則永遠地停止了。

二點四十五分，飛機降落在克賴斯特徹奇的國際機場。外面正在下著濛濛細雨，從大廳裡望出去，燈光中的花草樹木清新如洗，嬌嫩翠綠，那色彩和格調與南極景觀絕然不同，甚至連那細細的雨絲也倍感親切，彷彿是久別重逢似的。同機的紐西蘭人欣喜若狂，歡呼雀躍，有人甚至躺在地上翻起筋斗來。我很理解他們的心情，因為這裡就是他們的歸宿。我卻遠沒有他們那般輕鬆，因為擺在我面前的還有一段相當漫長的路。我必須首先飛到威靈頓，到那裡的美國使館取得簽證，然後再飛回美國去。而且，自此之後，再也沒有相識的旅伴同行，漫長的旅途只能靠自己去獨闖。當然，倒也並沒有覺得怎樣的擔憂或害怕，因為經過南極的鍛鍊和考驗之後，對於孤獨已經習以為常，有時甚至會感到這樣反而會更加自由一些。我提取了行李，漫步走出機場，到附近的美軍基地去歸還了野外裝備，換上了自己的服裝，頓時感到輕鬆愉快，舒服得多了。出來叫了一輛汽車往城裡駛去，一路上靜悄悄的，仍然是深深的夜。值得慶幸的是，我終於安全地回到人間，從而又跨越了一道極不平凡的界限，踏上了新的征途。

北極紀實

進入北極圈

俗話說，在家千日好，出門一時難。這真是經驗之談，例如坐飛機也許是旅行中最舒服最輕鬆的，但若長時間地坐在裡面，大眼瞪小眼的無所事事，就是一件枯燥而煩悶的事。通常有兩種方法可以消磨這難熬的時光，一是找人聊天，但必須要有合適的對象；二是俯視窗外的景色，這必須要有個靠窗的座位，還得碰上好天氣。

飛機從費爾班克斯機場騰空而起，把我帶入了進軍北極的最後一段歷程。我把臉緊緊貼在舷窗的玻璃上，睜大眼睛盯著窗外的一切，因為很快就要飛越北極圈，我很想看看，與當年飛越南極圈時，到底會有些什麼不同。當然，不同是非常明顯的，因為你無論何時何地飛越南極圈，所看到的都只能是茫茫的冰雪。而這時，橫亙在飛機下面的卻是一片綠茵蔥蔥的大地，這是因為，南極中心是大陸周邊是海洋，而北極則恰恰相反，中心是大洋周邊是陸地。陸地高而大洋低，所以南極要比北極冷得多，年平均溫度大約要低攝氏三十幾度。因此，南極圈附近的冰雪一年到頭是不化的，而在北極，甚至直到北緯七十幾度，夏天都可看到綠色的土地，這就是地球上獨一無二的泰加林帶和苔原帶，也是北極的一大景觀。阿拉斯加就更加典型，因為北面有布魯克斯山脈，南面有阿拉斯加山脈，所以這裡的泰加林帶和苔原帶發育得就更加完善。從機上俯瞰腳下的原野，只見河流縱橫，像一根根閃光的飄帶，蜿蜒於大地之上。湖泊閃爍，像一面面反光的鏡子，散布於叢林之間。根據地圖可以斷定，那條彎彎曲曲的長河就是育空河，因發源於加拿大的育空地區而得名，全長三千多公里，是阿拉斯加最長的河流。至於那些大大小小的湖泊則是阿拉斯加的另一奇觀。據說，阿拉斯加境內共有三百萬個湖泊，小的如池塘，大的則有一千六百多平方公里，星羅棋布，就像是無數珍珠玉盤撒落在綠色的地毯上一般，使那盛裝淡抹的大地更增加了誘人的魅力。與飛越南極圈時的景觀相比，真是天壤之別。

想著想著，不知不覺之間已經飛越了北極圈，雖然身子懸在高空，但卻已經進入了北極。這時再看那機下的景物，也在迅速地變化之中，深綠色的平原漸漸變成了淡黃色的丘陵，淡黃色的丘陵又為暗灰色的山脊所代替。樹木愈來愈少，露出了一片片紅褐色的草原。漸漸地，草原也愈來愈稀，代之以灰白色的山峰和光禿禿的岩石。這就是布魯克斯(Brooks) 山脈，是阿拉斯加北面的天然屏障，也是世界上少數幾塊尚未被人類觸動的處女地之一。

越過布魯克斯山脈之後，眼前又出現了一片低緩的平原，但景觀卻迥然不同，既無樹木，更無村舍，只有灰黃的土地，連成一片，茫茫無邊，這就是所謂的北坡，是布魯克斯山脈的沖積平原，也是愛斯基摩人世世代代的家園。不知為什麼，這時我的心情卻忽然緊張起來，心跳加速，因為腳下這塊看上去極其荒涼的土地，就是我盼望已久的目的地。經過一番艱苦地策劃和拼搏之後，總算接近了目標，但卻不知道，在這片陌生的土地上，等待我的將是一些怎樣的人和怎樣的事。然而，無論如何，在人生的旅途上，我又跨過了一道重要的界限，進入了一個全新的領域。

這就是巴羅

這次獨闖北極，想起來也很滑稽，我先是在地圖上找出一個圓點，作為最終到達的目標，然後為之而奮鬥了整整一年多的時間，其中的酸甜苦辣就不必細說了，單是爭取資助就使出了全身解數。當然，我還算是個幸運者，總還得到了國家自然科學基金委員會地學部、國家地震局地震科學聯合基金委員會以及國家南極考察委員會辦公室的同情和幫助。現在，當飛機正在向著這個圓點逼近的時候，我不由得深深地舒了一口氣。

越過布魯克斯山脈之後，天空變得陰晦起來，腳下的北極草原先是罩上了一層朦朧，繼而則為茫茫的雲層所吞沒。這時，上有藍天無垠，下有雲海無邊，只有機艙的空間有限，使人覺得有點壓抑。當飛機逐漸降低了高度而衝出雲層時，再現在眼前的卻既非高山，也非平原，而是一片汪洋，且漂浮著許多乳白色的冰塊，千姿百態，星羅棋布，恰似天空中的雲朵，毫無疑問，這就是北冰洋了。且有一段海岸線突入其中，構成一個觸角狀的半島，有一些零星的建築物排列其上，色彩鮮豔，在那一望無際的荒原之上顯得格外突出。坐在旁邊的愛斯基摩人突然湊過來說：「瞧，那就是巴羅！」

一九九一年七月二十六日中午二點二十分，飛機降落在巴羅機場。說是機場，只不過是在海邊築起的一條跑道而已。一下飛機，寒風刺骨，這才使我想起，原來是到了北極。隨著人群，進入了擁擠而狹小的候機室，同機的旅客幾乎都有人上來打招呼，只有我一個人孤零零地站在那裡，東張西望，左顧右盼，不知如何是好。

行李取出來之後，卻找不到出租汽車，真是走投無路，只好去求一位白人小伙子，問他能否將我送到旅館裡，他說可以，便幫我把行李搬上汽車，沿一條坑坑窪窪的土路開過去，不久便到了一家旅館的門口，他原來就是為這家旅館拉客的。櫃臺服務員問我預定過房間沒有，我搖了搖頭，他便故作驚訝地說：「啊！你真幸運，正好有個房間剛剛空出來。你知道我們這裡的房間一般都要提前幾個星期預定的。」我卻並不以為然，猜想他只不過是故弄玄虛，虛張聲勢而已。看那旅館的招牌是：Top of the World，即世界之頂，好大的口氣。再問那價錢，說是一百三十元左右一天，著實把我嚇了一跳，這才知道了這 Top of the World 的真正含義，但也別無他法，只能是既來之，則安之。

我的房間在二樓，窗外則是浩瀚的大海，遠處的浮冰叢中停著一艘標有 Canada 字樣的紅色船隻，有一條小汽艇在來回奔跑，不知是在忙些什麼。昨夜因為趕寫東西，幾乎一夜沒有合眼，再加上神經緊張，旅途勞頓，實在疲勞至極，無力地倒在床上，很想痛痛快快地睡死過去。但因心事重重，壓力很大，翻來覆去卻怎麼也睡不著。萬般無奈，只好跳下床來再去看那北冰洋的雄姿，卻突然想起了杜甫「窗含西嶺千秋雪，門泊東吳萬里船」的詩句。於是便匆匆地奔下樓去，想看看門口到底有些什麼東西。然而，令人大失所望的是，除了有幾輛破舊的汽車之外，就在不遠處有個很大的垃圾站。總不能說「窗含北極千秋冰，門口有個垃圾站」吧。因此，如果硬要篡改杜老先生詩句的話，那也只好寫成「窗含北極千秋冰，泊有一條加國船」了。

晚上八點多鐘，肚子開始咕咕直叫，這才想起幾乎一天沒有吃過什麼東西，於是開始武裝自己，除皮夾克外，又穿上一個毛背心，以為這樣就可以抵擋過去。誰知一出大樓便打了個寒顫，知道不妙，便趕緊跑回來把鴨絨背心加上去，頓時暖和起來，但心裡卻直犯嘀咕，大夏天怎麼能穿這種東西？等到街上一看才放心了，許多愛斯基摩人都穿著厚厚的皮大衣。

在美國，香蕉是最便宜的而且也是唯一能充饑的水果。因此，一進商店，我便徑直向香蕉奔去。到那一看，一百五十九美分一磅（一磅等於〇・四五三六公斤），這使我倒吸了一口冷氣。舊金山是四十九美分，我還嫌太貴，有時降到二十九美分，才肯買點來吃。到了費爾班克斯則變成八十九美分，差不多翻了一番，不敢問津。到了這裡又翻了一番，真是不寒而慄。其他東西也是一樣，價格差不多是費爾班克斯的兩倍，是舊金山的四倍。這也難怪，因為這裡不通公路，所有的東西都是用飛機運進來的，貴一點也是可以理解的，但我的經費有限，所以必須精打細算，小心行事。

從商店出來，天色昏暗，下起了濛濛細雨，道路泥濘，行人稀少，冷風颼颼，不勝淒厲，我獨自徘徊在街頭，不知到何處去餵飽肚子。幸好，對面走來一個白人青年，我便請問他這裡有沒有中國餐館，他說有的，便指給我一條路。我像得救了似的正往前走著，卻又碰上兩個愛斯基摩老鄉，他們熱情地走上前來握手寒喧，但其中的一位明顯的是傻子，因為他的口水流得好長，差一點就滴在我的衣服袖子上。另一位看上去似乎稍微明白一點，但那智商差不多也就等於「二百五」。我問他們附近哪裡有中國餐館，那位明白人趕緊把傻子支走，帶著我向相反的方向走去。後來，我們走進了一家叫做SAM & LEE（三姆李）的小餐館，是由南朝鮮人經營的。只見裡面黑糊糊，髒兮兮，光線昏暗，客人寥寥無幾。像這種地方，若在別處，我是絕對不會入內的。但在這裡，為了吃飽肚皮，也就只好硬著頭皮往裡闖。那位愛斯基摩朋友不容分說，便要了兩杯咖啡，兩美元，自然要由我來付。然後，他問我是不是個富人，能不能雇他。我說我也是個窮人，誰也雇不起。他聽了以後失望地說：「看來我們是窮人對窮人了。」並指著他身上那件髒乎乎的外套問我要不要，還想跟著我到我旅館的房間裡去。我覺得事情不妙，便趁他跟另外一個愛斯基摩人打招呼的時候，從背後悄悄地溜了出來。

回到旅館快十二點了，又餓又累又愁又急，只好狼吞虎嚥地吃下兩根香蕉充饑。心想，巴羅這地方既是我北極之行的終點，也是我這次北極考察的起點，萬事開頭難，真不知道下一步應該怎樣邁出去。看來，這裡雖然不像南極那樣杳無人煙，但有人卻也有有人的難處。

夜已深沈，雖然天仍然是亮的，卻也已經沒有了任何聲息。我拿出日記，想寫點什麼，但又覺得心神空空，無話可說，只好草草地寫下「這就是巴羅」五個歪歪扭扭的大字了事。

老頭與魔鬼

人類之間的交往，往往是從共同點開始的。因為有共同的語言，就容易進行感情的交流；因為有共同的觀點，就容易結成某種形式的聯盟；因為有共同的愛好，就容易成為志趣相投的朋友；因為有共同的目標，就容易成為一個戰壕裡的戰友。因此，這些共同點也可以叫做共通點。而共通點愈多，相互交往起來也就會愈容易一些。當然也有例外，比如，在我與愛斯基摩人最初的交往中，就很有點異樣的感覺。

在費爾班克斯時，曾聽人家說，愛斯基摩人對我們中國人似乎還比較友好一些，於是心裡熱乎乎的，覺得我們畢竟是同一種族，而且可能是親戚，所以交往起來總是應該比那些大鼻子藍眼睛的白種人容易溝通一些。但是，到達巴羅以後，卻幾乎是到處碰壁，原來抱有的滿腔熱情漸漸化為了泡影，使我終於認識到，要與愛斯基摩人打交道並不容易。相比之下，似乎還是與白人交往要容易得多。

最使我難以理解的，是愛斯基摩人似乎有一種明顯的排外情緒。巴羅小鎮一共不足四千人，其中三千多是愛斯基摩人，幾百個白人，一百多個菲律賓人，還有十幾個南朝鮮人。南朝鮮人經營了兩家東方餐館，有一個泰國人開了一家北極旅店，沒有聽說他們遇到什麼麻煩，大概是因為他們是在這裡投資的緣故。最不受歡迎的是那些菲律賓人，有些愛斯基摩人公開叫嚷要把他們趕出去。究其原因，據說是因為他們搶佔了愛斯基摩人的飯碗。因為這些菲律賓人都是在旅館、超級商場等單位做一些較低級的服務性工作。那麼，雇主為什麼不願意雇用愛斯基摩人呢？其主要原因是，由於文化背景和生活習慣之不同，愛斯基摩人尚缺乏嚴格的時間觀念，他們上下班往往不能按時，一旦遇到好天氣，就會不辭而別，出去打獵去了。而像旅館和超級市場中的工作崗位是不能離人的，雇員不到店主就會抓瞎。那些菲律賓人都是經過了現代化社會生活的訓練，工作又很努力，自然就會受到歡迎。這能怪誰呢？

作為一個中國人，不知他們是有意的呢？還是被錯當成菲律賓人，我也遇到了一些小小的麻煩。例如，開公共汽車的愛斯基摩女人就很不友好。還有一天，我正在汽車站等車，有個戴黑眼鏡的小伙子滿嘴髒話，要我滾回老家去，我當然只是把他當成個小流氓而不予理睬。更糟糕的是，有一天傍晚，天氣很好，我沿著海邊走過去，拍了幾張照片。突然，有個老頭子怒氣沖沖地朝我走了過來，我不知他的來意，還笑著跟他打招呼。但他卻衝上來一把揪住了我的照相機，想奪過去扔到海裡去。天哪，這相機僅次於我的生命，失去了它，我這次考察還怎麼進行下去？於是，我死死地抱住相機不放，躺在地上，一直被他拖出了好幾米。後來，他看看實在搶不去相機，便命令似地要我把膠卷退出來給他。我萬般無奈，只好忍痛割愛，幾天的心血和寶貴的資料給他白白地毀掉了。

回到住處，與巴羅太陽報的記者泰德先生談起此事。他問道：「那傢伙是不是正在做愛，你打擾了他們？」

「不！」我肯定地說，「他是正和一個年輕女人坐在草地上不知在幹什麼，但在光天化日之下做愛是不可能的。我看見了他們，但並沒有拍他們。」

「那他如此粗暴地對待你，實在太不應該了。」他搖了搖頭，嘆了口氣。

是的，我也感到一肚子委屈，但卻無處去訴。在美國，我從南到北，從東到西，跑了不少地方，受到如此粗暴的對待，這還是第一次。遇到這樣的事情當然是很不愉快的，但遺憾之餘，卻更激起了我的好奇心，很想窺探一下愛斯基摩人的內心世界，看他們到底是怎麼想的。於是有人介紹說：「你想聽聽愛斯基摩人的真實想法，最好是到酒吧裡去，那裡面聚集著許多愛斯基摩人，他們是無所不談的。」

巴羅之所以成為愛斯基摩人世世代代聚居的地方，是因為它得天獨厚的地理位置。由於這一帶像個半島似地突入北冰洋之中，每年春秋兩季是鯨群必經之地，所以也便成了愛斯基摩人賴以生存的樂土。而自從白人來了之後，捕鯨站便成了愛斯基摩人社會活動的中心場所。隨著時間的推移和社會的變遷，雖然現在的捕鯨站已經遠不如以前那般紅火了，但卻仍然保留著原來的風貌，成了老人們追惜往日時光的場所。

巴羅的捕鯨站緊靠海邊，有兩根彎彎的鯨骨高高地豎在那裡，成為一種神聖的標誌。旁邊還有一條破舊的小船底朝天地扣著，與那些巨大的鯨骨相比，它顯得是如此渺小，使人很容易地就會想到，當年捕鯨時是何等的危險而且艱巨。那酒吧是一幢塗成白色的小房子，據說是巴羅最老的建築之一，是作為文物特意保留下來的。我站在門口頗犯猶豫，因為酒吧通常總是發洩感情的地方，很容易無事生非，況且又是在北極，再加上那天的可怕經歷，仍然心有餘悸。正在這時，一個愛斯基摩姑娘推門出來了，她看見我一個人孤零零地站在那裡，便笑嘻嘻地說：「請進！進來吧。」

已經是晚上八點多鐘，雖然外面太陽高懸，但裡面的光線卻很暗淡，有幾個黑影在晃動，但卻無聲無息，幽靈似的。待眼睛漸漸適應了之後，這才看得清楚，原來只有三個老頭圍坐在角落的一張桌子旁邊，桌子上有幾個酒瓶子，有的已經歪倒，橫躺在那裡。使我大吃一驚的是，其中的一位正是那天把我在地上拖了好幾米的那個傢伙。我趕緊戴上墨鏡，並把帽沿往下拉了拉。還好，他們都已經有幾分醉意，眼睛都盯著那些酒瓶子，對我的到來簡直是不屑一顧。而我呢？則不由得一陣暗喜，不僅因為他未能把我認出來，而且還覺得，酒後出真言，今天我大概可以撈到一點真東西。然而，令人大失所望的是，他們卻一直沈默著，不知是因為我的闖入沖淡了他們的興致，還是由於他們已經累了，或者也許他們的習慣就是如此，喝起酒來一言不發，只是大眼瞪小眼，你瞅著我，我瞅著你？當然，對我來說只能是既來之則安之，耐心地等下去。於是，我也要了一杯咖啡，一小口一小口地慢慢喝著，想看一看到底會不會有什麼奇蹟。這樣等待了足足有半個小時，那個高個子老頭挪動了一下身子，終於開口了。

「他們給我們帶來了什麼？帶來了魔鬼！」他有點忿忿不平地說，嗓門提得高高的。

「什麼魔鬼？」站在櫃臺裡面一直在忙碌著的那個愛斯基摩姑娘忽然停了手中的活計，不解地問道。

「都是魔鬼！」他喊道，「像這錢就是最大的魔鬼，它把人們的靈魂都給弄歪了。」說著，他掏出一把錢票重重地拍在桌子上，「就是這些紙片片，只不過是一些紙片片而已，卻把我們的生活完完全全地改變了，全變了，全變了！……」

「是的，是的，」坐在對面的那個矮胖老頭附和道，「我爺爺常常說，像他以前的那種生活才是真正愛斯基摩人的生活，打獵，跳舞，自由自在，相互幫助，人們沒有錢，也不要錢，腰桿都挺得直直的，想到哪裡就到哪裡。現在倒好，有了錢什麼也能買，為了錢什麼也能幹，人們都為了錢而活著，為了錢而發愁，錢簡直就像是上帝一樣，主宰了人們的一切。這不是魔鬼是什麼？」他為了加強自己的論點，還用拳頭重重地敲了一下桌子。

「嗬，錢怎麼成了魔鬼？」那個姑娘嘲笑地說，「你們把這些魔鬼都給我好了，我不怕。」說著便伸手來搶桌子上的錢，嚇得那老頭趕緊用手捂住。她格格地笑了起來，揶揄地說，「既然是魔鬼，你還要它們幹什麼？」

「這正是魔鬼的法力，它能夠使所有的人都拜倒在它的腳下，服服貼貼，誰也離不開它。」那老頭一面說著，一面又把錢重新裝進腰包裡。

「依我看，這酒也是魔鬼。」那胖老頭指了指桌子上的酒瓶子說，「以前我們沒有這東西，大家都高高興興，相親相愛，活得好好的。可是，自從有了酒，人們似乎一下子都變了，幾杯下肚，便不知所以了，打架，鬥毆，殺人，放火，什麼都幹得出來。以前哪有這樣的事？」說著，他環視了一下四周，並望了望其他兩位，像是在徵求意見，又像在尋求支持。

「很對！」高老頭摸了一把嘴，大聲附和道，「這也是他們給我們帶來的魔鬼。聽老人們說，以前我們愛斯基摩人無論走到哪裡都是親如兄弟，大家真誠相待，互相幫助，從不翻臉。現在就不同了，酒把大家都弄壞了，真是鬼迷心竅，人們一見了它就不要命了，有的殺人，有的自殺，有多少人死在這個魔鬼的手裡。」

「是啊，是啊，酒也是魔鬼。」那個姑娘衝他們嚷道，「這些魔鬼卻不是我賣給你們的，而是你們自己帶進來的。好，現在你們趕緊把這些魔鬼帶走，快走！快走！」她揮著手，像是在趕蒼蠅似的。

「何必著急呢。」坐在角落裡的那個曾經搶走我的膠卷的老頭一直一聲不吭，現在卻衝著那姑娘嘿嘿笑著，終於開口了，「你們說的我都同意，錢和酒的確都是魔鬼，這些魔鬼可真把我們害苦了。但是，依我看，還有一個魔鬼你們沒有說到。」說著，他瞟了那姑娘一眼。

「什麼魔鬼？」那兩位不約而同地問道。

「女人，女人也是魔鬼。」那老頭聲音忽然低了下來，似乎有點膽怯了。

「什麼？你們越說越不像話了。」那姑娘激奮起來，漲紅了臉。「我們女人是魔鬼，你們男人是什麼？」

「不，不，」高老頭和胖老頭同時搖著頭說，「你喝醉了吧，女人也是人，怎麼會是魔鬼呢？」

「就是嘛，」那姑娘因為得到三分之二多數的支持，口氣緩和一些了，但仍衝著那個瘦老頭以挑戰的口吻說，「女人若是魔鬼，那你母親呢？」

那瘦老頭顯然輸了理，但仍然固執己見，囁嚅地說：「女人就是魔鬼，她們把我害得好苦啊！我這一輩子，倒霉就倒在女人的手裡。」

「那只能怪你自己。」高老頭不客氣地說，「你自己不檢點，到處追逐女人，你的妻子才棄你而去。這能怪女人嗎？」

「是啊，」胖老頭附和道，「到現在你也沒有改好，仍然在尋花問柳，到處招惹是非。你那些苦處都是自己找的。」

聽到這裡，我才恍然大悟，那傢伙那天之所以如此瘋狂地對待我，原來是因為魔鬼附了體的緣故。

沈默了，人們都沈默了下來。屋子裡靜悄悄的，只聽到那姑娘收拾杯碟和整理桌椅的聲音。似乎三個老頭都被他們所說的魔鬼纏住了似的。過了好大一會，他們慢慢地站起來，魚貫著走了出去。

等我算完帳，向姑娘道了謝，走出那矮小昏暗的酒吧時，只見三個愛斯基摩老人正步履蹣跚地向三個不同方向走去。高老頭和胖老頭顯然是回家了，但那瘦老頭卻沿著海邊而去，嘴裡還在咕噥著：「魔鬼，魔鬼。」但不知他所說的魔鬼是指錢？酒？還是女人？

時間已近午夜，太陽轉到正北，已經接近海平面，但卻沒有落下去的意思。光線暗淡了，卻仍然散發著餘輝。那餘輝射到天上，變成了桔紅的晚霞。晚霞映到海裡，變成了一池血水，汪洋一片，茫茫無邊。

回到住處，拿出日記，但卻不知道該寫點什麼。心中暗想，事實上，人類總是生活在矛盾之中，並且也正是在矛盾中求生存，求發展的。在現實生活中，人們所憎惡的，往往正是人們所追求的；人們所痛恨的，往往正是人們所喜愛的；人們所反對的，往往正是人們所需要的；人們所害怕的，又往往正是人們所必須面對的現實。這就叫做不以人的意志為轉移。

是的，西方文明的入侵確實給愛斯基摩人帶來了巨大的變化，或者說進步，但是，與此同時，也給他們造成了一些災難性的問題，這大概就是所謂的有其利必有其弊吧？然而，反過來設想一下，如果沒有外界的壓力，愛斯基摩人現在會是個什麼樣子呢？如果沒有哥倫布發現新大陸，印第安人現在會是個什麼樣子呢？如果沒有工業革命，世界現在會是個什麼樣子呢？如果沒有兩次世界大戰，人類社會現在又會是個什麼樣子呢？有許多問題都是很值得人們去探討，去深思的。

愛斯基摩人的過去、現在與未來

據科學家們說，人類首先是在非洲和歐亞大陸繁衍起來的，其歷史總共也不過幾百萬年，而在這之前很久，大約一億年以前，由於板塊運動的結果，地球上的大陸已經四分五裂，漂移而去，所以，在很長的一段地質時期中，南北美洲和澳洲大陸是沒有人居住的。當然還有南極洲，直到現在還是如此。

人類之向北極進軍，是在一萬多年以前就開始了，隨著地球上最後一個冰川期的消融，歐亞中部的游牧民族為了尋找肥美的牧場和避開人口膨脹的壓力，則跟著冰蓋的往北收縮而遷移，最後終於進入北極圈以北，並沿北冰洋沿岸定居下來。散布在歐洲最北端的是拉普(Lapp)族，這是早期的北極居民中唯一的白種人。而亞洲北極圈以內的廣大地區則為一些不同的民族所佔有，一般稱之為北西伯利亞人。那時候，由於大量的水都結成了冰，所以海平面要比現在低得多，以致於白令海峽並不存在，而是有一個陸橋把歐亞大陸與北美大陸連接了起來。於是，亞洲的游牧民族則通過這個陸橋逐漸遷移到了美洲大陸。有的一直往南，最終到達了南美洲最南端的火地島，這就是印第安人。有的則沿北冰洋沿岸散布開去，一直到達格陵蘭，這便是愛斯基摩人。

但是，我在北極考察期間，與當地的愛斯基摩人談起此事時，他們卻不以為然，而是認為，他們世世代代就是居住在這裡，並非從其他地方遷移過來的。若從民族自尊心出發，這是完全可以理解的，有誰願意承認，自己是別人的後裔呢？但事實總歸是事實，我們確實屬於同一種族，無論是大人還是小孩，除了服飾之外，如果不說話，是很難看出有什麼差別的。有人認為他們可能是蒙古人的後裔，但我覺得他們似乎更像日本人，不僅個子矮小結實，而且一個喜歡吃生肉，一個喜歡吃生魚，也是一個有力的證據。

「愛斯基摩(Eskimo)」即是「吃生肉的人」之意，為印第安語，因為他們歷來有隙，所以這顯然是一種不敬和蔑視。因此，愛斯基摩人不喜歡這名字，而是自稱為「因紐特(Inuit)」或「因紐佩特(Inupiat)」，即「真正的人」之意。但因「愛斯基摩(Eskimo)」一詞流傳得實在太廣了，所以也就只好委屈求全，聽之任之。由此可見，習慣的力量是很大的，一旦形成了事實，是很難改變的。

據考證，愛斯基摩人至少有四千多年的歷史了。由於氣候惡劣，環境嚴酷，他們基本上是在死亡線上掙扎，能生存繁衍至今，實在是一大奇蹟。他們必須面對長達數月乃至半年的黑夜，抵禦零下幾十度的嚴寒和暴風雪，夏天奔忙於洶湧澎湃的大海之上，冬天掙扎於漂移不定的浮冰之間，憑一葉輕舟和簡單的工具去和地球上最龐大的龐然大物鯨魚拼搏，用一根梭標乃至赤手空拳去和陸地上最凶猛的動物之一北極熊較量，一旦打不到獵物，全家人，整個村子，乃至整個部落就會餓死，那困難之狀就可想而知了。因此，應該說，在世界民族大家庭中，愛斯基摩人無疑是最強悍，最頑強，最勇敢和最為堅韌不拔的民族。當然，他們也是最單純、最善良、最團結、歷史最為簡單的民族。在其他民族經歷了無數次的刀光劍影，殺聲震天；槍砲齊鳴，血流成河；勾心鬥角，宮廷政變；你爭我奪，改朝換代的漫長歲月中，愛斯基摩人卻超然於人類社會之外，團結合作，共同奮鬥，去向大自然奪取生存權。對他們來說，最可怕的災難莫過於饑荒，卻從不知戰爭為何物。

然而，世外桃源即使存在也不可能長久。如果說，不知魏晉還可能的話，要不知明清就相當困難了，若說根本不知道中國，那只能是天方夜譚。因為，不僅人口膨脹，幾乎充滿了地球的各個角落，而且隨著科學技術的飛速發展，連那些費盡心機隱藏起來的軍事設施都能偵察得一清二楚，更何況一大片阡陌縱橫的村落呢。當然，話又說回來，如果陶淵明所說的世外桃源真正延續到現在，那麼可以肯定，其中的狀況與秦漢時相差不會太遠。愛斯基摩人就是一個極好的例子。在過去幾千年裡，他們雖然生活得自由自在，並沒有外人來打擾，但其發展變化卻也極其緩慢，沒有貨幣，沒有商品，沒有文字，甚至連金屬也極少見，是一種全封閉式的自給自足，真正的自然經濟，與人類歷史上的新石器時代差不多。直到十六世紀，西方持槍的狩獵者才發現了他們的存在。於是，毛皮商人，捕鯨者，傳教士們接踵而至，本來是冷冷清清的北極，頓時變得熱鬧非凡，世界各國的報刊上也頻頻出現了「愛斯基摩」這名字。這些外來者帶來了兩種東西曾對愛斯基摩社會產生了深遠的影響。一是金錢，這引起了愛斯基摩人價值觀念的深刻變化；二是疾病，曾使愛斯基摩人的數量減少了許多。現在，在樹線（由於寒冷的氣候條件，再往北就不可能生長樹木了，有人把這條線而不是北極圈作為北極的界限）以北的當地居民總共還不到十萬人，而外來居民卻已經多達二百萬。

生活在阿拉斯加北坡自治區的愛斯基摩人實在是幸運者，因為這裡有美國最大的油田，他們每年可以從石油公司那裡得到一筆相當可觀的收入。儘管如此，他們仍然過著自給自足的生活，主要靠打獵為生。有些人即使有了工作，可以有一筆很好的工資收入，但仍然要依靠打獵來解決一家人的吃飯問題。他們在地上挖一個地窖，便是一個極好的大冰箱，把捕獲來的鯨魚、海豹、海象和馴鹿之類的肉放在裡面，凍得硬梆梆的，餓了隨時可以取出來吃。曾有好客的愛斯基摩朋友拿出生肉來招待我，盛情難卻，我也只能硬著頭皮吃下去，並且連聲說：「好吃，好吃。」但心裡卻直犯嘀咕，過後想起來，也總是覺得不大舒服。他們雖然有時也吃熟食，但卻總覺得生肉吃起來更帶勁一些，不僅更能抗寒，而且也更抗時候。

今非昔比，愛斯基摩人的生活已經相當現代化了。據說，直到一八一八年，格陵蘭北部的極地愛斯基摩人才與外界接觸。當西方探險家第一次來到那裡的時候，可把他們嚇壞了，以為那些大鼻子藍眼睛的傢伙是從天上掉下來的怪物，而船上的帆則被以為是怪物乘坐的大鳥的翅膀。然而現在，伊格魯（Igloo，愛斯基摩人過去居住過的圓頂泥屋或冰屋）早已不復存在，代之以具有下水道和暖氣設備的木板房子；尤米安克（Umiak，愛斯基摩人過去使用的木架皮舟）已經進了博物館，而為水上摩托所代替；狗拉雪橇也很少使用，狗們因此而失了業，因為人們大部分都用上了汽車；為了抵禦冬天的嚴寒，獸皮雖然仍不可少，但外面卻罩上了非常漂亮的尼龍布。孩子們可以就地上學，直到高中畢業，而大人們在工作之餘，也可以坐在家裡看看電視，聽聽收音機。總之，他們在幾十年的時間裡，從相當原始的傳統生活一躍而進入了現代文明，其速度之快和變化之大不能不說是一個奇蹟。

但是，這並不是說，愛斯基摩人已經進入了天堂，可以無憂無慮地生活下去了，而是恰恰相反，如此高速的發展和變化也給他們帶來了一系列的社會問題。例如，經濟狀況改善了，傳統的道德觀念也便受到了衝擊，吸毒酗酒，打架鬥毆明顯增多；社會競爭加劇了，心理壓力空前地增大，導致家庭破裂，虐待婦女和孩子，自殺事件時有發生；環境汙染了，癌症的發病率明顯上升；與外界聯繫增多了，傳統的文化則面臨著生死存亡的威脅，如此等等。

那麼，怎樣才能既跟上現代社會發展的步伐，又保留住自己古老的文化呢？怎樣才能既過上現代化的物質生活，又保留住自己傳統的道德觀念呢？這實在是一項極其艱巨而且複雜的難題。他們所採取的重要措施之一則是大力加強教育，來提高本民族的文化素質，以便提高其在現代社會上的競爭能力。但是，教育也不是萬能的。而且，掌握了現代科學文化知識的年輕一代其思想觀念就會發生某種變化。例如，他們可能寧願找一份工作，依靠工資購買商品而生活，而不願意再像他們的父輩那樣，依靠獵殺動物來自給自足；他們可能寧願到更加繁華的外部世界去施展自己的才華，而不再甘心像他們的父輩那樣，留在這偏遠的北極，在極其嚴酷的自然條件下去艱苦奮鬥。還有，隨著與外部世界接觸的增多，異族通婚也將愈來愈普遍，這對只有那麼一點點人口的愛斯基摩人來說，無疑也是一種壓力和威脅。總而言之，我覺得，愛斯基摩人正面臨著一系列非常困難的抉擇。當然，若從長遠來看，種族和民族，正如家庭和國家一樣，總有一天都會消亡。但是，問題在於，在現在這種情況下，誰也不肯率先走到這一步，這叫做到什麼山唱什麼歌。

丹尼爾的事業

也許是少見多怪的緣故吧，我對在北極所遇到的每一個人，當然是指那些千里迢迢前來謀生者，都覺得難以理解，神祕莫測。剛到巴羅不久，我在街上偶然遇到了丹尼爾・埃德雷斯(Daniel J. Endres)先生，他說他是搞大氣物理的，而我是搞地球物理的，於是便覺得是同行，聊得頗為投機。正在興頭上時，他卻忽然起身告辭，我以為他家裡有什麼重要的事情要做，而他卻淡然一笑說：「我回去晚了，大狗會不高興的。」我愣愣地望著他，以為他會做個鬼臉，以表明是在開玩笑，但他卻滿臉嚴肅，一踩油門，很快地消逝了。

直到臨走之前，我匆匆地趕到氣象站去參觀。那是一座孤零零的木房子，高高地架在空中，矗立在漫無邊際的荒野之上，更顯得有點怪異。我小心翼翼地踩著吱吱作響的木梯，輕輕地推門進去，抬頭一看，站在門口笑嘻嘻地迎接我的正是丹尼爾。我們緊緊擁抱，慶賀這久別重逢，我一面開玩笑地說：「自從那次相遇之後，就再也見不到你的影子，我還以為你從地球上消失了呢。」

「不！」他一面遞過一把椅子請我坐下，一面高興地說，「我的事業就在這座孤零零的小房子裡。別看這座房子很小，但它的目標卻是非常遠大的，就是要監測大氣成分的變化，以便對氣候變化的趨勢進行研究和預測。我們屬於美國商業部國家海洋和大氣局，在全球範圍內一共建起了四個這樣的監測站，除了北極和南極點之外，另外在夏威夷和東薩摩亞群島上還有兩個實驗室，這樣就能有效地控制住全球大氣的變化趨勢。這個網的建立可以追溯到上個世紀，夏威夷氣象觀測站建立得最早，始建於一八四〇年，當時主要是為航海服務的。北極這裡則從一八八一年開始觀測。其餘兩個站運轉得要晚一點，但從本世紀五十年代以來，就一直在這四個點上連續同步進行觀測，為全球變化的研究積累了大量很有價值的資料和數據。」丹尼爾一講起來就滔滔不絕，一副自信而且自豪的神氣。我禁不住回頭掃視了一下他的房間，他卻突然關上了話匣子，抱歉地笑笑說：「對不起，我光顧著說話了，還是請你先參觀一下我們的實驗室吧。」

我因為對氣象學一竅不通，所以對那些儀器設備也看不出什麼名堂來。等他介紹完了之後，我們先是拍了幾張照片作留念，然後重新坐下來，對視著，促膝談心似地聊起了他的研究成果。

「最有意思的是，」他將剛剛發表的一篇論文的單行本遞給我，「前幾年一直有人發表文章說，北極地區每年春天冰雪融化的時間正在提前，以此來證明北極的氣溫正在轉暖，但實際上這是錯的。因為他們所觀測的都是居民點的情況，而最近一個時期以來，由於居民點的人口增加，相應的建築物也在不斷地擴大，因此所造成的熱島效應（即居民點地區的氣溫要比周圍高一些）也在增強，致使地上的積雪比以前融化得要早一些，因而給人們造成了一種錯覺。根據我們在野外觀測到的反射率的結果來看，積雪融化的時間總是在六月中旬左右，實際上並沒有什麼明顯的變化。」

「噢？也就是說，北極的氣溫並沒有什麼明顯的變化？」我問道。

「那倒不是。」他笑笑說，「我的文章只是證明，有人利用積雪融化的時間來證明氣溫正在變暖實際上是錯誤的，至少是不確切的。」

「除了這項研究之外，你們還進行一些其他方面的研究嗎？」

「當然，」他指了指那些儀器設備說，「我們主要的任務是對北極地區的大氣成分進行監測和分析，以便對未來氣候變化的趨勢進行研究和預測。例如，一九八三到一九八五年間曾經有一個全球性的合作研究項目，主要是對大氣中的甲烷進行觀測。你知道，甲烷和大氣中的二氧化碳一樣，能夠引起溫室效應。觀測結果表明，從一九五一到一九八六年期間，大氣中的甲烷正以每年百分之〇・七加減百分之〇・一的速率增加。而利用格陵蘭和南極冰川的氣泡中所封存的古空氣一直可以追溯到十六萬年以前的大氣成分。根據這項研究的結果表明，現在大氣中甲烷的含量比工業革命以前已經翻了一番。一九八六年三至四月份，我們專門對蘇聯以外的北極地區的大氣進行了取樣分析，結果發現，在九百六十毫巴到七百五十毫巴的兩個恆溫層之間確實存在著一個煙霧帶，每立方釐米所含的煙塵微粒在六萬個以上，而在正常情況下卻只有五十至二百個。二氧化碳的含量則達十五個PPb，而在正常情況下卻只有一個PPb左右。由此可見，北極地區的大氣汙染確實已經到了相當嚴重的程度。一九八九年一至四月份，我們用飛機在巴羅地區上空對臭氧層進行了探測後發現，在這一時期，這一地區並沒有出現像在南極冬春期間所出現的臭氧空洞。現在我們繼續在這裡進行著日常的二氧化碳、甲烷、臭氧、煙霧、太陽輻射、氣象學等日常觀測。」說到這裡，他忽然從椅子上跳了起來，看看錶說，「時間到了，你能幫我取一下氣樣嗎？」

「當然可以。」我站起來說，「不過你必須教我如何去做。」

「這很簡單，只要幫我把這些空桶搬出去，打開蓋子，裝滿空氣，然後密封起來即可。」

於是我們一齊動手，把幾個大大小小的塑料空桶搬到草地上，在不同高度上迎著風向擰開蓋子，原來抽成真空的容器則一下子為空氣所充滿。這些工作看起來簡單容易，但丹尼爾卻做得認真細緻，一絲不苟。當所有程序都完成以後，他則開車將這些樣品送到飛機場，寄到夏威夷中心臺站去分析。

回來的路上，他邀我到他的住處去小坐。使我吃驚的是，在他家的門口蹲著一條大狗，那大小簡直跟個小牛差不多。見他來了趕緊搖頭擺尾，無限親熱。但對我卻皺起了眉頭，像是不大歡迎似的。為了緩和緊張空氣，我趕緊摸摸牠的狗頭，牠也就哼哼了兩聲，算是勉強接受了我的好意。房間裡的東西很亂，廚房裡的碗碟也都泡在池子裡。看了這情況，我便試探地問道：「丹尼爾，你結婚了嗎？」

「沒有。」他有點不好意思地趕緊收拾著房間裡的東西。「這條狗是我唯一的生活伴侶。」他自我解嘲似地說。

儘管我知道美國人不大喜歡別人打聽自己的私生活，特別是不太熟悉的人更是如此，但我還是憋不住地追問道：「為什麼，你一個人生活不是太孤單了嗎？」

「不！」他已經恢復了先前的坦然，平靜地說，「這樣就很好。工作的時候我有一大堆數據要處理，回到家裡則有大狗陪著我，我們可以坐在家裡看電視，也可以到海邊去散步，這樣的生活是非常輕鬆而且超脫的。」說著，他在對面的沙發上坐下，慢慢地品嘗著剛剛沖好的咖啡。那狗也搖著尾巴走了過來，在他身邊蹲下去，看看他又看看我，似乎已經聽懂了我們的談話似的。

「當然。」我忽然覺得有點尷尬，一時無言以對，只好開玩笑地說：「也許我可以介紹個中國姑娘給你，怎麼樣？」

「那當然好了。」他哈哈大笑起來，接著又嚴肅地說：「恐怕很少有人能適應這樣的生活，實在是太孤單太寂寞了。」這大概是他的真心話，因為說完之後他便沈默不語，兩眼直直地望著窗外。

「嗨，你剛才不是還在說這裡的生活既輕鬆又超脫嗎？」

「是的。」他回過頭來望著我說：「這只是我對生活的理解，別人就不一定這樣想。」說到這裡，他突然站了起來，在房間裡來回地踱著，若有所思地問道，「你聽過《命運》這首交響樂嗎？」

「聽過。」我點點頭說，「非常喜歡。」

「你知道，自然界中還有比這更好的音樂，那就是冬天的暴風雪。怒吼的狂風，飄舞的飛雪，拼搏的雄鷹，掙扎的狐狸，實在是一首首扣人心弦的交響詩。每逢這時，我總是躲在那座小木屋裡，拿著望遠鏡對準外面這翻飛的世界，久久地觀望著，傾聽著，那韻律，那畫面，實在是美極了。」

「幾年了？」我望著他那略顯有點激動的臉。

「七年了。」

「你想這樣一直幹下去嗎？」

「不知道。」他搖搖頭說，「科學總是得有人做出犧牲的。美國從俄國人手裡買了這塊土地剛剛十年，即一八八一年夏天，雷博士(P. H. Ray)則率領一個小組到這裡來建起了這個永久性的氣象站，並在這裡連續工作了三年，收集到了非常重要的現象和信息。那時候的工作條件比現在可要艱苦得多了。」

告別的時候，我們再次緊緊擁抱。丹尼爾把我送到門口，依依惜別。大狗也站在旁邊，搖著尾巴，像是歡迎我再來似的。然而，自那之後直到離開，我再也沒有見到丹尼爾。只是當飛機升入巴羅的上空，我深情地回望這個愛斯基摩小鎮時，卻在那廣袤無邊的草原深處又一次看到了那座孤零零的小木屋，並且猜想，丹尼爾一定正在那裡面聚精會神地處理著各種數據。是的，他並不是什麼知名的科學家，除了同事和朋友之外，恐怕也很少有人能知道他的名字。然而，他的工作卻是必不可少的，正在為大氣科學的研究積累著極其寶貴的數據。於是心想，社會發展到現在，任何事業都不可能由一個人單槍匹馬去完成，科學研究就更是如此。然而，當人們仰望著金字塔的尖頂時，又有誰去注意那些底層的基石？當人們讚嘆那雄偉的建築時，又有誰提到那些固結在一起而構成地基的沙土？當人們崇拜那得勝歸來的英雄時，又有誰能記起那些默默無聞流血犧牲的無名小卒？也許，有那麼一天，氣象科學會取得某種突破性的進展，但是，當人們為那些大名鼎鼎的科學家頒獎歡呼時，又有誰能想起丹尼爾這名字？

昆蟲雜談

嚴格來說，應該是雜談昆蟲，但因不太文雅，只好犧牲語法，而以「昆蟲雜談」為題，倘若仔細推敲起來，似乎作者也變成了昆蟲似的。當然，我也並沒有覺得因此而辱沒了多少人格。因為，如果人類真能變成一隻小蟲子，深入到昆蟲世界裡去旅行，去探索，肯定可以大大豐富仿生學的內容，而學到許多有用的東西。實際上，昆蟲的許多生存技能是人類所遠不能及的。

搬到美國海軍北極考察實驗室之後，雖然居住條件差了一點，但卻有一個很大的廚房可以使用，不必再費錢費時地去吃餐館，而可以買點東西回來，燒一點地道的中國飯菜慢慢品嘗，也是一種難得的享受。不過，每當飯菜做好，擺到桌上時，總有幾隻很大的綠頭蒼蠅前來染指。有一天早上，我終於忍無可忍，便順手抄起一本雜誌追打起來，將牠們逼到了窗戶的玻璃上，一個個地予以擊斃。正在這時，馬克進來了，他是一個愛開玩笑的白人小伙子，見我怒氣沖沖，便慢吞吞地說：「冷戰都結束了，何必動武，牠們是無害的。」他拉過一把椅子在我對面坐下，挖了一勺炒米飯放進嘴裡津津有味地咀嚼著，「好香啊！你知道什麼東西蛋白質含量最高嗎？」他望著我說。

「雞蛋！」我不加思索地順口答道。

「不！你錯了。」他得意地笑了，「是蛆蟲，其蛋白質含量在百分之九十五以上。還有蒼蠅，牠們本身就是一種美味佳餚。」

我只覺得一陣噁心，趕緊擺擺手說：「行了，馬克，求求你，不要噁心我了，你再說下去我就該吐出來了。請讓我吃完這頓飯好嗎？」

他見目的已經達到，便哈哈大笑著跑走了。

到了晚上，馬克又來了。還帶來了一位昆蟲學家拉瑞・威斯特(Larry West)先生。這回馬克不再像以前那樣嘻皮笑臉，而是一本正經地說：「我帶威斯特先生來就是要證明一下我說的話是對的，而不是故意噁心你。」威斯特先生也在一旁點頭稱是，以證明馬克的惡作劇是有道理的，於是我們便東拉西扯，說起了有關北極昆蟲的事。

世界範圍內各種各樣的甲蟲就有二百多萬種，但牠們主要生活在熱帶和溫帶，而在北極地區，昆蟲的種類卻要少得多，總共也不過幾千種，主要有蒼蠅、蚊子、蟎、蠓、蜘蛛和蜈蚣等。其中，蒼蠅和蚊子數量最多，約佔昆蟲總數的百分之六十到七十，而在溫帶地區，這兩種東西的數量卻只佔昆蟲總量的百分之十至二十。奇怪的是，在北極可以看到廣泛分布於熱帶的蝴蝶和蛾，而有一些在溫帶繁衍得很廣的昆蟲家族，如蜻蜓、螞蚱、蟋蟀等，在北極卻無影無蹤。還有，在世界其他地區，螞蟻的數量是相當龐大的，是人類數量的幾百萬倍，但在北極卻很少看到牠們的蹤跡。這也許是因為，螞蟻是一種辛勤勞作而不肯休息的生靈，因而過不慣在北極漫長而寒冷的冬天中只能待在家裡無所事事的清閒生活的緣故吧。

大的動物和鳥類可以靠身上的長絨和羽毛抵禦嚴寒，但昆蟲卻永遠只能赤身裸體，那麼，牠們怎樣才能度過北極嚴酷的冬季呢？實際上，絕大多數昆蟲在一年當中大約有九個月的時間身體都處在冷凍狀態，牠們存在於土壤，泥巴或沼澤裡，和周圍的物質凍在一起。我們知道，冰是一種晶體。但是，如果昆蟲的身體結晶的話，就有可能扭斷牠的脈管從而破壞其機體。為了防止這一點，北極的昆蟲們演化出了一種絕技，就是牠們能夠自動地將其細胞中的水份減少到最低限度，從而有效地避免了結晶。如果人類能學會這一招該多好啊，隨時可以冰凍起來，想睡多久都可以，什麼時候想活過來，解一下凍就行了。

當然，有其弊必有其利。雖然寒冷的氣候對這些小小的昆蟲來說確實是一種嚴峻的考驗，但牠們也從中得到了不小的益處。在這漫長的冬季當中，既不用擔心天敵的侵擾，也不必勞駕去找東西吃，只管放心大膽地睡大覺，這不僅是熱帶和溫帶裡的昆蟲們永遠也享受不到的，就連人類也望塵莫及。如果有一天科學技術取得重大突破，能將人類的身體冰凍起來，完好無損地保存起來，這不僅能為病人減少痛苦，而且也為那些飽暖終日，無所用心，到處尋求刺激的人們提供了一種更好的消磨時光的方式，自己既無痛苦，也不會給社會造成問題。

人類自以為聰明，其實許多本領都是從生物那裡學來的。例如，美國有條法律，即釣魚者不能釣殺一定重量以下的小魚，這並非善心，而是為了保護魚群的繁殖。實際上，這種措施生物界早就用上了，而且執行得相當自覺而徹底。例如，北極的牛蠅是一種可怕的寄生昆蟲，牠將卵下在馴鹿的絨毛裡，孵化出來之後鑽進體內，順著血管周游全身，待長大之後則又回到馴鹿的脊梁骨附近，穴洞而居，且開一個天窗，以便呼吸新鮮空氣，直到長成之後鑽出體外，進行新的一輪繁衍生殖。按理說，小馴鹿既無防禦能力，又細嫩鮮美，是最好的美食佳餚，但牛蠅卻從不攻擊牠們。因為，如果牛蠅在小馴鹿身上產卵繁殖，雖然要容易得多，但卻有可能導致馴鹿群的銳減甚至滅種，到那時候，牛蠅本身也就難以生存下去了。小小的牛蠅竟早在人類許多萬年之前就能懂得如此深遠的道理，且能身體力行，付諸實施，難道還不值得人類去深思?不僅如此，牛蠅在每群馴鹿中下卵的數量也有一定的限制，牠們既使受卵馴鹿的頭數保持一定的比例，也儘量避免在同一頭馴鹿身上下卵過多。因為，若在同一頭馴鹿的身上下卵過多，就有可能導致其死亡，或者由於體弱而被天敵吃掉，牠們的後代也就會隨之同歸於盡了。由此可見，牠們的生活方式是經過深思熟慮的。至於小小的牛蠅怎樣會悟出如此深奧的道理，則只有去問創造萬物的上帝。

生活在北極的昆蟲還面臨著另外一種特殊的困難，就是這裡不僅地廣人稀，而且連動物相對來說也很稀少，牠們怎樣才能找到自己進攻的對象呢？據生物學家研究表明，蚊子身上有一種非常先進的紅外線探測器，能在相當遠的距離上準確無誤地遙感到人和動物身上發射出來的紅外線，從而順藤摸瓜，找到目標，群起而攻之。而人類所用的紅外線探測器也就是最近幾十年才發展起來的，不僅龐大笨重，而且所顯示出的圖象還模模糊糊，與小小的蚊子相比，落後了不知有多少個世紀。至於那些蛾和蝴蝶們怎樣相距遙遙談情說愛，然後飛到一起尋歡作樂，更使生物學家們百思不得其解，雖絞盡腦汁，卻仍然未能揭穿牠們的祕密。

說到這裡，威斯特先生突然問道：「你知道在北極跑野外最可怕的東西是什麼嗎？」

「是北極熊。」我毫不猶豫地回答。

「不！」他搖搖頭，「北極熊雖然很凶猛，但牠們很少到岸上來。而且即使遇上了，也還有迴旋的餘地，因為牠們是很少主動向人類進攻的。實際上，在北極野外工作，當然是指陸地上而言，最可怕的東西是黑蠅(Blackfly)，牠們有著非常靈敏的嗅覺，老遠就能聞到人的氣味，立刻成群結隊的飛來，嗡嗡叫著，轟炸機似的，使人聽了心驚肉跳。因為，牠們那鋼針一般的嘴即使你穿著再厚的衣服，甚至連腳上的老皮也能叮透，然後深深地扎進你的肉裡，吸食你的血液。如此同時，還吐出一種毒液，使叮咬之後，凸起一個大泡，腫脹疼痛，甚至潰爛，那滋味可不是好受的。」說著，他挽起袖子，指著幾處傷疤加重了語氣，「你看，這就是牠們給我留下的標記。」似乎是心有餘悸，談虎色變似的。

談到他的研究，威斯特先生嘆口氣說：「困難很多，主要是經費不足。你知道，人們總是把眼睛緊緊盯著大的東西，例如一座山，人們往往會把它看得很重要，但對組成山的那些岩石卻不大注意，其實如果沒有岩石，哪會有大山呢？生物也是如此，人們都熱中於研究那些大的東西，如鯨魚、海象、海豹等，而對小小的昆蟲卻不放在眼裡。其實，昆蟲正是地球上整個生命鏈中的基礎，如果沒有牠們，怎麼會有更高級的生物呢？」

「是的，」馬克插進來說，「如果沒有昆蟲，鳥類也就無法生存了。前幾年我曾經陪一位鳥類專家到北極來工作，他對北極的昆蟲也特別感興趣。有一次出發之前，我在費爾班克斯捉了幾隻螞蚱放在口袋裡，當我們在北極草原上觀察鳥類時，趁他不注意我把那些螞蚱偷偷地放了出來。他正舉著望遠鏡看得出神，突然有幾隻螞蚱騰空而起，他便把望遠鏡一扔，奮力撲了上去，費了好大勁，終於逮到了一隻，他緊緊地攥在手裡，驚喜地大叫著：『新發現！新發現！這下子我可以出名了。』那表情簡直就像是叫化子忽然揀到了一塊鑽石。當我大笑著告訴他真相時，他幾乎氣瘋了，衝著我吼道：『馬克，你這傢伙，科學卻不是開玩笑的！』我只好向他賠禮道歉，但他還是把我解雇了。」

「你也是罪有應得。」威斯特先生笑得臉都紅了，「在南極也曾經發生過這樣的事，有幾個飛機機組人員在紐西蘭捉了一些蒼蠅，裝在一個瓶子裡帶到南極，故意在生物實驗室外面釋放出來，生物學家如獲至寶，以為有了重大發現，成了轟動一時的大新聞，後來才知道，這原來是一場惡作劇，於是，大新聞變成了大笑話。」說到這裡，他嚴肅地望著馬克說，「科學是很嚴肅的事，這種玩笑是開不得的。」

旅鼠之謎

有一天，我獨自一人在巴羅附近的愛斯基摩人村落遺址上徘徊，希望能找到一塊值得保存的文物，如鯨骨之類作紀念，但轉了半天一無所獲，卻突然從草叢裡跑出一隻老鼠來。牠一看苗頭不對，知道出來的不是時候，便愴惶逃竄。我很想看看這北極老鼠到底是個什麼樣子，便在後面緊追不捨。牠跑了半天，卻找不到一個洞口鑽進去，而我卻急中生智，摘下帽子把牠給扣住了。當我正在小心翼翼地把牠從帽子裡取出時，卻突然走過一個高個子的白人來，他饒有興趣地看著我，笑瞇瞇地問道：「你捉到了什麼好東西？」

「是一隻老鼠(mouse)。」我說，「也許是一隻田鼠(vole)。」接著補充了一句。

「不。」他蹲下來，看著那隻老鼠，搖搖頭說，「這是一隻旅鼠(lemming)。」

「真的？」我驚叫起來，「這就是北極旅鼠？」似乎有點不相信似的，「除了顏色深一點之外，牠看上去與我們家鄉的田鼠沒有什麼明顯的區別。」我仔細地端詳著牠那黑色的絨毛和尖尖的嘴巴，近乎有點自言自語地說。

「是的，這就是神祕莫測的北極旅鼠，人們研究了好幾個世紀，卻始終解不開牠們的奧祕。」說著，他遞給我一張名片，並自我介紹說，「我是丹尼斯，從紐約來的。」

丹尼斯・馬洛拉斯(Dennis Maroulas)先生是紐約動物協會的成員，他這次專程到北極來是想捕一隻活的海象帶回去餵養兼研究，但等了很久卻沒有找到一隻合適的，不是年齡太老就是個頭太大，而且，要捉到一隻活的海象並不是一件容易的事。

「你知道，」丹尼斯坐到草地上，抓起那隻旅鼠，很內行地讓牠張開了口，露出了尖利的牙齒，「牠們雖然是哺育動物，但在所有動物之中，甚至也包括昆蟲在內，是繁殖能力最強的動物，也許只有細菌分裂才能和牠們相媲美。牠們一年能生七到八胎，每胎可生十二個幼崽。更加有趣的是，只需二十多天，幼崽即可成熟，並且開始生育。你知道這意味著什麼嗎？」他直直地望著我。

「意味著牠們繁殖得很快唄。」我半開玩笑地回答說。

「繁殖得有多快呢？」他追問道。

「這……」我有點無言以對了。

「讓我們算筆賬你就知道了。」他把老鼠放進一個紙袋裡，從背包中取出了本子和鉛筆，

「一對旅鼠從三月份開始生育，假使牠們一年中共生了七窩，每窩十二隻，則一共為八十四隻，這是牠們的第二代，也就是兒子和女兒。再假設每胎都是六公六母，則為六對。二十天後，第一胎的六對開始生育，每胎十二隻，一下子就可生出七十二隻，一共可以生六胎，則為四百三十二隻。四十天後，第二胎的六對也投入了生育大軍，牠們一共可以生五胎，若每胎十二隻，則為三百六十隻。以此類推，那麼，牠們的孫子和孫女能有多少呢？一共可以有一千五百一十二個。這是第三代。不要忘了，四十天以後，第三代的第一胎共三十六對也開始繁殖了，牠們的第一胎就可以生四百三十二個，共可生五胎，為二千一百六十隻。還有第三代的第二胎到第七胎呢，所以第四代一生可以生出六千四百八十隻小老鼠。照這樣推算下去，第五代為二萬五千九百二十隻，第六代為九萬三千三百一十二隻，第七代為二十七萬九千九百三十六隻，第八代，也就是這一年的最後一批為五十五萬九千八百七十二隻。你看看，從三月份的兩隻，到八月底九月初就會變成九十六萬七千一百一十八隻的龐大隊伍！就是由於氣候，疾病和天敵的消耗等原因中途死掉一半，也幾乎還有五十萬隻！天哪，這簡直像是一個天文數字！」他把推算的結果攤在我的面前，用手指著那些數字說。

我遲疑地接過他的本子，看著那密密麻麻的數字，內心深表懷疑。於是便自己動手，重新推算了一遍，所得的結果竟然和他的完全一致。「是的，」我喃喃地說，「這實在是一個可怕的數字。」

「正因為如此，所以，在如此廣闊的北極草原上，有時候，牠們的密度竟能達到每公頃有二百五十隻之多！這還只是旅鼠的第一大奧祕。」看著我驚訝的表情，他顯得有點得意。

「幸好牠們只是一些小老鼠，如果再大一點，例如是兔子或者山羊之類，還不得把地球上所有的草原都吃光了。」我深深地舒了一口氣。

「不會的，大自然是要進行干預的。」他把本子收了起來，望了一眼那個盛老鼠的紙袋子。「實際上，旅鼠並非每年都大量繁殖，而是有節制的，並且有豐年和歉年之分，大約四年左右一個週期。在平常年份，旅鼠只進行少量繁殖，使其數量稍有增長。而在歉年或叫做小年當中，牠們的計劃生育很嚴，甚至可以使其數量基本上保持不變。只有到了豐年，當氣候適宜和食物富足時，牠們就像是一聲令下，就會齊心合力地大量繁殖起來，使其數量急劇地膨脹，一旦達到一定的密度，例如一公頃有幾百隻之後，奇怪的現象就發生了：這時候，幾乎所有的旅鼠一下子都變得焦躁不安起來，牠們東跑西跐，吵吵嚷嚷，永無休止，停止進食，似乎是大難臨頭，世界末日就要到來似的。這時的旅鼠不再是膽小怕事，見人就跑，而是恰恰相反，在任何天敵面前牠們都顯得勇敢異常，無所畏懼，具有明顯的挑釁性，有時甚至會主動進攻，真有點天不怕地不怕的樣子。更加難以解釋的是，這時候，連牠們的毛色也會發生明顯的變化，由灰黑變成鮮豔的桔紅，使其目標變得特別突出。所有這些奇怪的現象加在一起，其唯一可能而且合理的解釋是，牠們就是為了千方百計地去吸引像貓頭鷹、賊鷗、灰黑色海鷗、粗腿禿鷹(Buzzard)、北極狐狸甚至北極熊等天敵的注意，以便多多地來吞食消耗牠們。這與自殺沒有什麼區別，就像第二次世界大戰中日本的敢死隊差不多。」說到這裡，他忍不住哈哈大笑起來。

我卻怎麼也笑不出，而是陷入了迷惘的沈思。在這個星球上，一切生物都在為了生存而競爭，而那些可憐的旅鼠怎麼會想方設法去自殺呢？早知如此，何必當初，牠們不要大量繁殖，不就可以避免發生這種悲劇？

丹尼斯大約猜透了我的心思，收斂了笑容，認真地說：「這就是旅鼠的第二個難解之謎。但是，無論怎樣地暴露自己，因為牠們的數量實在太多，而天敵的數量卻總是有限的，要靠這種方法來減少鼠口收效甚微。因此，牠們似乎是一計不成又生一計，便會顯示出一種非常強烈的遷移意識，於是紛紛聚集在一起，漸漸地形成大群，開始時似乎沒有什麼明顯的方向和目標，而是到處亂竄，就像是出發之前的亂忙，正在做著各種準備似的。但是後來，不知是誰一聲令下，也不知道是由誰帶頭，牠們卻忽然沿著同一個方向，浩浩蕩蕩地出發了。且往往是白天休整進食，晚上摸黑前進，沿途不斷的有老鼠加入，因而隊伍會愈來愈大，常常達數百萬隻，逢山過山，遇水涉水，勇往直前，前仆後繼，沿著一條筆直的路線奮勇前進，絕不繞道，更不停止，一直奔到大海，仍然毫無懼色，紛紛地跳將下去，為洶湧澎湃的波濤所吞沒，直到全軍覆沒為止。這就是所謂的『旅鼠死亡大遷移』。」說到這裡，丹尼斯似乎也感慨起來，兩眼眺望著遠處的天邊，彷彿是在自言自語，「真是滑稽可笑！真是不可思議！這就是旅鼠的第三大奧祕。」

「牠們這種大遷移是不是因為發生了大饑荒，而試圖去尋找一塊新的水草豐美的領地而誤入歧途呢？」

「不像。」丹尼斯搖了搖頭，「旅鼠是一種齧齒類動物，主要以草根、草莖和苔蘚之類幾乎北極所有的植物為食，即使達到每公頃二百五十隻的密度也還仍然是地廣鼠稀，食物多的是，不可能發生嚴重的饑荒。而且，牠們也不是偶然的一次大逃亡，而是每隔幾年就來一次，週期性的，且沿著一定的路線，所以不大可能是因為饑餓所致。更具有說服力的是，牠們在遷徙途中即使遇到食物豐美的地區也不停留。由此可見，導致牠們大遷徙的原因絕不是因為饑荒，而是另有他圖。至於牠們的毛色變得鮮豔起來的原因，有人認為，那是為了告知天敵，以示牠們與田鼠的區別，因為旅鼠的肉可能不如田鼠的肉那麼好吃，因此在二者並存的情況下，天敵有可能會捨棄旅鼠而去捕捉田鼠。但這種解釋似乎也有點過於牽強附會，因為田鼠的數量比旅鼠要少得多，而對饑不擇食的天敵來說，首先考慮的是要如何填飽肚子，哪還會要飯吃嫌飯冷，挑三揀四，區分得那麼清楚呢？」

「我還是覺得難以置信，也許牠們只是聚在一起，到處亂跑，而把大海當成牠們經常穿越的小河溝也說不定。因為牠們的視力很差，鼠目寸光，看不到遠處的東西，所以很難把大海和小河溝區別開來。」

「不！不！」他堅定地搖搖頭，「有人專門研究了各地旅鼠遷移的方向，結果發現，牠們最終的目的都是奔往大海，例如，瑞典和挪威中部的旅鼠是往西奔向大西洋，而挪威北部的旅鼠則是往北奔向巴倫支海。奇怪的是，還沒有發現有任何地方的旅鼠是往南遷移的，而只要牠們稍微往南走一點，就可以找到食物豐富且氣候更加溫和的天堂。由此可見，牠們似乎是按照某種嚴格的指令行事，明白無誤地都把大海看做自己最終的歸宿。」

「還有一個問題，」我急不可耐地打斷了他的話，「如果所有的旅鼠都這樣匆匆忙忙地跳進大海去自殺了，那麼牠們不是該早就斷子絕孫了嗎？」

「這一點你就放心好了，牠們還不至於傻到那種程度。」他笑了笑，似乎早就料到我會提出這樣的問題，「當牠們要進行大遷移時，總是忘不了留下少量的伙伴看家，並擔任起傳宗接代的神聖任務。這看上去真是天意。」

「那麼，旅鼠為什麼會有如此超強的繁殖能力而過一段時間又要來一次集體大自殺呢？」我終於提出了這一問題。

「不知道。」他聳了聳肩膀，「這是動物學中，特別是有關動物行為的研究中一大難解之謎。」

「有什麼假說嗎？」我仍不甘心。

「沒有。」他搖了搖頭，「因為這些行為是如此的稀奇古怪，以致人們連可能的假說也提不出來。」說著，他站起身來，拍了拍沾在身上的草葉和塵土。「許多動物學家和動物行為專家對北極的旅鼠進行了詳細的觀察和研究，總想解開其中的奧祕，但是都失敗了。因此，我雖然沒有對旅鼠進行過專門研究，所知道的這些只不過是道聽途說，但我總是覺得，過去的事實似乎表明，看來要用通常的研究方法和思維方式是難以解開旅鼠之謎的。」

「噢？」我也站了起來，小心翼翼地把裝有旅鼠的紙袋子封好，輕輕地放進背包裡，「那你覺得應該從什麼地方去入手呢？」

「我認為，也許應該跳出純科學的藩籬，從更廣闊的範疇尋找原因，例如從哲學上去思考問題，也許會有一種超自然的力量，比如上帝在發揮著作用也說不定。」

「上帝？」我哈哈大笑起來，「你認為是上帝在指揮著旅鼠的行動，就像是指揮著千軍萬馬似的?」說完之後我仍然大笑不止，以為他是在開玩笑，只是說著玩的。沒有想到，他卻一本正經，非常認真，滿臉嚴肅的神氣。

「這並沒有什麼好笑的。」等我收斂起笑容之後，他才不慌不忙地說，「你知道牛頓嗎?他發現了三大定律，但卻仍然篤信上帝。你知道愛因斯坦嗎?他提出了相對論，但研究到最後卻不得不認為，看來宇宙之中似乎還是有一種超自然的力量存在，否則就無法解釋宇宙萬物相互之間會配合得如此和諧，美妙，既對立又統一。特別是各個星球的軌道設計和布置得竟是如此之完美，這是利用任何定律也無法解釋的。其實，生物界也是如此，食肉動物和食草動物之間，飛鳥和昆蟲之間配合得是如此完美無缺，相反相成，正如旅鼠的集體自殺一樣，你能想像出任何科學道理來加以解釋嗎?」說完之後，他攤開兩手，兩眼緊緊地盯著我，像是在質問，又像在駁斥。

是的，我也覺得無言以對了，對剛才的失禮深感歉意。我雖然是個無神論者，從來不認為有什麼上帝存在，但若仔細想一想，有許多自然現象確實難以用現成的科學道理去解釋。例如，食草動物的繁殖能力強而食肉動物的繁殖能力弱，因而食草動物總要比食肉動物多得多。然而，食草動物只有角蹄等可供極其有限的自衛，而食肉動物卻有淩牙利爪可以發起有效的進攻，這都是誰有意安排的呢?單靠自然法則和生存競爭是解釋不了這些複雜問題的。

通常都是把這些問題的答案推給將來的科學發展，但實際上這也不過是一種遁詞。

「當然，」見我沈默不語，他也緩和了自己的語氣，「我想，牛頓和愛因斯坦頭腦中的上帝與一般的教徒所想像中的上帝可能是大不一樣的。也就是說，他們所說的上帝並不是指天父，而是指支配著宇宙萬物運行規律的一種神祕莫測的力量而已。」

我們邊走邊談，慢慢地往海邊走去。剛剛走到懸崖的邊緣，他卻突然大叫一聲，縱身就要跳將下去。著實把我嚇了一大跳，一把揪住了他的背包帶。這回輪到他哈哈大笑了，他笑得彎下腰去，順手拍了拍我的肩膀說：「你真認為我會像旅鼠那樣不顧一切地跳下去嗎？絕不會的。在旅鼠的奧祕還沒有弄清楚之前，我自己卻先跳到海裡去自殺，豈不是比旅鼠還要荒唐滑稽？」笑了一陣，他忽然若有所思地說：「不過，人類也許應該從旅鼠身上學到點什麼。例如，如果人類也毫無節制地繁衍下去，也許有一天不得不走旅鼠的道路。若是真有超自然的力量存在的話，使某種災難，例如疾病降臨人間，那將是不以人的意志為轉移的。」

回到住處，我將那隻旅鼠放進一個紙盒子裡，希望能帶回北京，讓人們看看，神祕莫測的北極旅鼠就是這種樣子。為了讓牠生活得儘量舒適一些，以便延年益壽，我還特意給牠採集了一些草根和草葉之類放在裡面，讓牠做窩，餓了也可以吃。為了讓牠換換口味，還放了一些米粒和方便麵條，這些東西是牠在地裡無論如何也嘗不到的。一有時間，我就仔細地觀察著牠的動靜，企盼著也許會突然出現什麼奇蹟，例如毛色突然變成鮮紅，或者顯得焦躁不安，有意要參加大遷移之類。但是，日復一日，牠卻總是那樣安於現狀，忙忙碌碌，瞪著兩個膽怯的小眼睛，或者在那個四方的空間裡轉來轉去，似乎是在尋找著什麼出路；或者鑽進草中去細細地咀嚼，似乎永遠也吃不飽似的；或者躺在草上呼呼大睡，似乎對周圍的一切都已經習以為常；或者趴在一個角落裡一動不動，似乎正在思考著什麼問題。總之，牠對這個新的生存環境看上去十分滿意，既沒有逃跑的跡象，也不會出現什麼奇蹟。

但是，到了第五天，我從野外回來，急急忙忙地打開盒子一看，卻是空空如也。儘管我把屋裡屋外都翻了個底朝天，也沒能再見到那隻旅鼠的影子。就這樣，牠不辭而別，給我留下的唯一紀念，就是在那個空空的紙盒子裡的幾粒黑色的老鼠屎。也許，牠已經加入了那浩浩蕩蕩的遷移大軍，正在向著預定的目標進發，但我希望那目標不要是大海，因為我並不希望牠就那樣去自殺。那麼，牠是怎樣跑出來的呢？到底跑到什麼地方去了呢？這便成了北極旅鼠的第四大奧祕。

沒過幾天，我便離開了北極。在費爾班克斯只待了一天，卻又遇上了陰雨天氣，閒來無事，當我重新整理東西時，卻驚訝地發現，那隻旅鼠原來躲進了我的一只靴子裡，且已經生兒育女，數了數共有九隻，大概因為營養不良，有三隻已經夭折，剩下的六隻緊緊地依偎在母親的懷抱裡。在美國，攜帶動物旅行是很麻煩的，必須經過嚴格的檢疫手續。沒有法子，我只好餵了牠們一些牛奶，然後找了一個安全地方，把牠們重新還給了大自然，安置在阿拉斯加的森林裡。但我不知道牠們是否能適應這全新的環境，這便成了留在我心中的有關北極旅鼠的第五大奧祕。

事有湊巧，正好在一年以後，當我剛剛完成這篇文章的時候，有一隻老鼠卻搬進了我的房間裡。儘管我在這裡已經住了十幾年，但有老鼠光臨寒舍這卻還是第一次。到目前為止，我還沒有見到牠的尊容，但牠的存在卻是確信無疑的。因為，早在孩提時期，我就常常是一面聽著祖母哼著「小老鼠，上燈臺，偷油吃，下不來，大哥二哥背下來」的兒歌，一面伴隨著老鼠啃東西的咔喳咔喳的聲響而入睡的，所以對於那種聲音是深入腦海，根深蒂固，實在是再熟悉不過了。於是，在輾轉反側，似睡非睡之際，我又忽然想到，是不是那隻北極旅鼠漂洋過海，又來到了我的身邊？還是牠利用心靈感應或腦電波之類，派遣牠在北京的同類前來造訪，以便勾起我對北極那段往事的回憶呢？三天之後，卻再也聽不到任何聲音，真是來無影，去無蹤，照樣是不辭而別，牠又跑到什麼地方去了呢？這也許可以說是有關北極旅鼠的第六大奧祕吧。

鳥論之一

秋天，大雁南飛，排成整齊的「一」字或者「人」字，劃破長空，激起人們無盡的聯想，但是你卻知道，牠們是從何處而來？春天，大雁北去，鳴叫著，增加了幾多春意，但是你卻知道，牠們是往何處而去？原來，牠們正是自北極而來，往北極而去的。這是一位在北極地區研究鳥類達十年之久的生物學家告訴我的。聽了他的話之後，再看看那些可愛的大雁，頓生一種親切之感，彷彿是他鄉遇故知。他還深情地說：「在所有的動物當中，鳥類是最純潔，最自由，最善良，最勤奮，因而也是人類最好的朋友。」

我也深有同感，並勾起了對於往事的一串回憶。

小的時候，確曾捕過鳥。幹得最多的是掏麻雀窩，或食其蛋，或奪其子而養之，希望牠長大之後能圍著自己轉，但卻發現，要使失去自由的麻雀唯命是從是很不容易的。春天，趁候鳥北飛時，也曾下過網，或使用老鼠夾子，但所獲甚微，最大的獵物是兩隻參草雞，比麻雀稍微大一點，用油一炸，吃起來還是滿香的。但是，後來有件事深深地觸動了我。有一天，我在麥田裡發現了一窩叫天子，剛下了四個蛋，便拿回家煮著吃了。當再走過那裡時，只見那父母在那裡來回尋找，苦苦鳴叫，真像是痛不欲生的樣子，這樣地一連許多天。這使我終於良心發現，於是決心洗手不幹。自那以後，我便放下屠刀，立地成佛了。

在美國時，辦公樓的後面有一個湖，每天傍晚站在湖邊，看那成群的野鴨子起飛和濺落，饒有興味，卻也沖淡了不少鄉思。鄰居有位老太太，一人獨居，因寂寞難熬，便每天攜帶著一大堆麵包到湖邊去餵野鴨子。也許是由於精誠所至的緣故吧，到秋天真有一大群野鴨到她家去落了戶。她高興極了，又是搭窩，又是餵食，照顧得無微不至。但是，春天一到，那些房客卻不辭而別，嗯啦一下飛走了，氣得她對天長嘆，埋怨道：「沒有良心的東西！」

南極的風雪使幾乎所有的生靈都望而生畏，但是也有勇敢者，那就是賊鷗，無論是在基地，還是在野外，總是不離左右地伴隨著我，牠們那頑強的鬥志和矯健的身影，確曾給我以鼓勵，為我那疲憊不堪的身軀和孤苦伶仃的靈魂增添了不少生存的希望和奮進的勇氣。

在我這一生當中，或者嚴格來說，是在我已經活過來的大半生中，給我留下最深刻印象的鳥類當然是企鵝，牠們那奇特的體態，乖巧的舉止，好奇的天性和見了人就拼命地跑過來，點頭哈腰打招呼的有趣表演，在南極那種特定的環境裡，確實令人倍感親切，難以忘懷。當然，對於企鵝到底是屬於鳥還是屬於獸尚有爭論。大多數人認為，從其體態、習性和繁殖方式來看，企鵝自然是鳥類。但是，也有人爭辯說，從解剖學來看，企鵝的翅膀似乎是由爬行動物的前肢或鰭進化而來的，因而認為牠屬於獸類。然而，我卻無意去管這些學術之爭，而是堅定地認為，企鵝不僅屬於鳥類，而且是鳥類中最通人性，最解人意，因而也就是最討人喜歡的佼佼者。

一種東西，甚至是很寶貴的東西，當你擁有它時，會習以為常，甚至並不感覺到它的存在，只有當你失去它時，才能感到它的重要，真是不可一日無此君。也就是在這次北極之行中，我才真正意識到了鳥類對於人類生活的重要意義，也可以說是頓悟。

到達費爾班克斯以後，我突然覺得生活中似乎少了點什麼，但又說不出。後來終於明白過來，原來是聽不到鳥鳴了。在家時，每天不到五點，麻雀就嘰嘰喳喳，聚在一起，開會似的，爭論不休。在舊金山，每天不到六點，山喜鵲媽媽帶著兩個幼子，總是準時到窗下覓食，一面啾啾地鳴叫著，似乎是在教育孩子。但費爾班克斯的早晨卻格外的寧靜，寧靜得似乎令人有點窒息。那裡雖然森林很多，但卻極少聽到鳥叫，致使那深不見底的森林靜得怕人，像是潛藏著某種危機。後來我專門背上相機出去尋找，好不容易才看見了一隻海鷗，兩隻喜鵲和幾隻燕子。有些燕子把窩壘在校園大樓的屋檐下面，幼子已經孵化出來，伸出腦袋觀望著外部這個陌生的世界，當然也在盼望著媽媽能帶點好吃的回來。

來到北極之後，我更加感到鳥類的重要，因為我與牠們幾乎是朝夕相處。早晨，有一群麻雀總是在窗戶外面的草地上覓食，而且東張西望，警惕性很高。晚上，當我沿北冰洋散步時，便有海鷗和一種不知名的小鳥陪伴著我，不離左右地在海邊上飛來飛去。雖然彼此語言不通，但牠們的存在卻給我以慰藉，使我覺得自己並非唯一的活物，因而減少了孤獨之感和思鄉之苦。

在附近的草地上，偶爾也會看到一兩隻烏鴉，全身一抹黑，像一塊煤炭似的。但與人並不親近，總是離得遠遠的。麻雀則正好相反，總是在住宅周圍轉，故有家雀之美譽。麻雀在地球上分布很廣，從中國到美國，從紐西蘭到北極，到處可以看到牠們的影子。也許是跟人打交道太多的緣故，都是那麼賊溜溜的。因此，如果說天下烏鴉一般黑，那麼也應該說天下麻雀一樣靈。

離我的住處不遠，有一片沼澤，經常有大雁出沒。我很想拍一點近距離的照片和錄相，但是卻很難，因為牠們隨時都有站崗放哨的，伸長脖子向四周觀瞧，稍有異常便會大叫一聲，嗯啦啦地一哄而起，逃之夭夭。

為了深入地觀察一下北極鳥類的生活方式，並盡可能地拍攝一些有意義的鏡頭，我決定冒險做一次遠征。一天早飯之後，我帶上乾糧，背上相機和攝影機，離開巴羅，踏著鬆軟的草地，一直往南走去。愛斯基摩人把這種草地叫做坦尼瓜(Tundra)，是由草根和泥土交織而成，踏上去富有彈性，像是鋪著厚厚的地毯。有的地方還往外冒水，像是走在無邊的沼澤。但你不必擔心會陷下去，因為在十幾公分以下就是永久性的凍土層，據說有幾百米厚，像石頭一樣堅硬，這就是北極沒有樹木的最根本的原因。

起先，我走得興高采烈，嘴裡還哼著小曲，覺得異常輕鬆而且悠閒自得，不時地停下來拍幾張照片，採一點植物標本。有一隻貓頭鷹從低空中掠過，落在遠處的土堆上。突然竄出了一隻狐狸，猛地撲了過去。但那貓頭鷹似乎早有準備，不慌不忙地騰空而起，故意在狐狸頭頂上轉來轉去。狐狸卻也習以為常，因為像這樣地較量已經不知進行過多少回了，只是有點掃興地回過頭來看著我，我進牠也進，隨時保持足夠的距離。

這樣地走了兩個多小時，估計出來有十幾公里，巴羅早已消失在地平線以下，環顧四周，是一眼望不到邊的茫茫草原，再也看不到一點人為的痕跡。不知為什麼，我的心頭突然一沈，只覺得頭皮發麻，神經驟然緊張起來。我極力安慰自己，一面四下張望，都是一馬平川，大概不會有狗熊埋伏在什麼地方等著我吧。想到這裡，故意放聲地笑了起來，以便給自己壯壯膽子。誰知，這一笑不要緊，先是有一隻小鳥從草叢中騰空而起，嚇了我一大跳。接著，就在我驚魂未定之際，有一個大漢突然從地上站了起來，大吼一聲：“What are you doing here?”
（你在這裡幹什麼?）

說實話，在那一剎那間，我的腦海完全變成了一片空白，木然地站在那裡，兩腿發軟，差點沒有倒下去。過後我想，那大概就是所謂的魂飛魄散吧。這突如其來的遭遇嚇得我半天說不出話來，因為確實不知道眼前到底發生了什麼事。

那大漢見我被嚇成這個樣子，大概也感覺到了自己的失禮，但仍然怒氣未消，大聲地說：「你到這裡來幹什麼?」

我漸漸鎮靜下來，打量著面前的這位不速之客，只見他大鬍子，長頭髮，衣服穿得邋裡邋遢，還沾了一身草葉子，但卻背著一架很好的照相機，看樣子也不像是個斷道截路的。再說，這裡也沒有路，他一個人躺在草叢裡，能截誰呢?再看那眼神，炯炯發光，也不像是個神經病。於是放鬆了一些，便笑著說：「我是來觀察鳥類的。」

「什麼?你也是生物學家?」他不相信地打量著我，「你是從哪裡來的?」

「從中國。」我平靜地說，「但我不是生物學家，我到這裡來是搞綜合考察的。」

「中國?哪個中國?」他似乎不相信自己的耳朵，滿臉狐疑地審視著我。

「只有一個中國。我是從北京來的。」

聽到這裡，他一直板著的面孔終於鬆弛下來，走過來握著我的手說：「對不起，我剛才把你嚇壞了。」

「是的。」我笑了，「但我仍然不知道你一個人躺在草地上幹什麼。」

「噢，你來看。」他小心翼翼地扒開前面的草叢，原來有四個鳥蛋整整齊齊地擺在那裡。灰白色的蛋殼上長著一些黑色的斑點，既像是草葉，又像是石子，若不仔細看是很難發現的。「我正在觀察這個小鳥孵卵的情況，已經有好幾天了。牠下蛋的時間有點晚，所以要趕緊孵化，不然的話，小鳥長不大就會被凍死。」

「很抱歉，是我把小鳥給嚇跑了。」我深表歉意地說。

「是的，」他聳聳肩膀，「看來牠是不會回來了，這蛋只有由我代為孵化了。」說著，他從口袋裡掏出一個小型塑料盒，墊上海棉，便小心翼翼地把那些鳥蛋放了進去，蓋好蓋子，揣到了懷裡。

就這樣，我的一場虛驚，他的一陣盛怒總算過去了。我掏出一張名片遞過去，他反反覆覆看了好幾遍，點點頭說：「好，很好。」便揣進口袋。當我問他有沒有名片時，他連連搖頭說，「不，沒有，我成天跟鳥打交道，要名片幹什麼。我叫戴克蘭(Declan)，你就叫我戴克吧。」說著，他從背包裡掏出一塊尼龍布，髒兮兮的往地上一鋪，邀請似的指了指，「怎麼樣，坐下來跟我一起吃點東西吧。」

「好的。」我趕緊答應，並把我的東西也貢獻了出來，麵包、香腸、啤酒、蘋果，都擺到了那塊布上。「讓我們來一次別有風味的野餐吧。」

「太好了！」他豎起了大拇指，開心地笑了。

太陽轉到了西北，把那金色的光線斜斜地撒在草地上，那草葉有的變成灰黃，有的變成紫紅，還有的仍然泛著深綠，斑斑駁駁，光怪陸離。成片的北極棉花，頂著一朵朵白色的絨球，星星點點，疏疏密密，散布在五顏六色的草原上，正如在地毯上撒落了一些白色的果子。有一群野鴨在頭頂上飛過，有幾隻小鳥在草叢裡唱歌，還有一隻狐狸正在遠遠地瞅著我們，大概是嗅到肉的味道了。

「喂，位！」沈默了一陣之後，他忽然說，「你瞭解鳥嗎？」真是三句話不離本行。

「不，我真的不懂，正要向你請教呢！」我放下手中的啤酒，誠懇地望著他的臉。

「你知道，我在這裡觀察和研究鳥類已經是第十個年頭了。」他喝了一口啤酒，顯得有些得意，「牠們是地球上最崇高的生物，而且也是天地間最聖潔的生靈。牠們飛翔起來是那樣的矯健有力，牠們鳴叫起來是那樣的委婉動聽，牠們彼此之間是那樣的親密無間，牠們對於自己的幼子所表現出來的那種母愛或者父愛之深是那樣的令人感動。因此，我常常想，相比之下，人類實在是渺小的，自私的，而鳥類才是真正偉大的，完美的。你說呢？」他用探詢的目光望著我。

「是的。」我點點頭，笑了笑說，「我也很喜歡鳥類，但我覺得，似乎還是人類更偉大一些。」

「不！不！」他聽了以後搖著腦袋，抗議似的極力反對說，「人會飛嗎？不會。當然，人類有飛機，但飛機又是怎麼來的，還不是從鳥類那裡學來的。好啦，人們坐上飛機，好不容易地轟轟隆隆飛上天，結果怎麼樣呢？不僅搞得烏煙瘴氣，造成了大氣汙染，而且弄不好還會掉下來摔死。而鳥呢，卻是自由自在，輕鬆自如，愛怎麼飛就怎麼飛，愛飛到哪裡就飛到哪裡。人類有這種本事嗎？況且，人類之間戰爭不斷，你爭我奪，互相殘殺，勾心鬥角，鳥類之間有這樣的弊端嗎？沒有。人類有什麼可偉大的？實際上，人類離不開鳥類，而鳥類卻並不需要人類。人類帶給了牠們什麼？只有災難而已。不僅濫捕濫殺，好吃的打來吃了，好玩的捕來觀賞，而且，也許更糟的是，還造成環境汙染，使牠們深受其害，毀壞森林，使牠們無家可歸，甚至連北極這地方，人類勢力也在迅速地擴張。因此，世界上所有的鳥類，特別是候鳥，正在面臨著滅頂之災。你還說人類偉大，偉大在什麼地方呢？難道就偉大在能毫不留情地屠殺其他生物，甚至也包括人類自己嗎？」他越說越激動，像是在對我進行大批判似的。

「我很同意你的觀點，戴克，」為了緩解他的情緒，我同情地說，「不過我很想知道北極到底有些什麼樣的鳥類，牠們受到了什麼樣的威脅？」

「什麼樣的威脅？」他反問道，「你看看就知道了，井架林立，機器轟鳴，飛機亂飛，垃圾成堆，這地方幾乎成了一個大垃圾場，鳥類正在失去牠們世世代代賴以生存的棲息地。你知道，對於鳥類來說，北極意味著什麼嗎？實際上，北極是全世界幾乎所有候鳥的故鄉。例如，絨鴨來自阿留申群島，苔原天鵝來自美洲東海岸，黑雁來自墨西哥，塞貝尼(Sabine)海鷗來自智利，麥耳鳥來自東非，短尾海鷗來自坦斯馬尼亞，白尾磯鷂來自火地島，濱鷸則來自馬來西亞和中國東海岸。」說著，他從背包深處拿出一張破舊的世界地圖，只見上面點點劃劃，密密麻麻，做滿了各種各樣的記號。我想這可能是他多年來實地觀察的結果，也是他心血和汗水的結晶。

「這還只是在阿拉斯加北極所觀察到的候鳥。」他把那張汗漬斑斑的地圖小心翼翼地收了起來，望瞭望天空，「還有加拿大呢，還有格陵蘭呢，還有北歐，還有西伯利亞呢，這就是說，北極確實是全世界候鳥的故鄉和樂土。而牠們之所以辛辛苦苦不遠萬里地飛到這裡來，就是因為這裡乾淨，安靜，遠離人類社會，沒有什麼危險。但是現在，這一切正在毀滅之中，被汙染了的大氣凝聚在北冰洋之上，酸雨正在破壞著大片的草原，開發石油汙染了海水，噪音干擾改變了環境，鳥類要在這裡生存下去是越來越困難了。如果全世界的候鳥都近於滅絕，人類社會還能夠存在下去嗎？」說到這裡，他沈默了，茫然地站在那裡。北風吹來了陣陣寒氣，太陽轉到了大洋之上，天色已經暗下來了。

我也茫然地站在那裡，一時不知說什麼好，到底是鳥偉大還是人偉大，似乎也有點搞不清楚了。是的，人類確實給鳥類帶來了無窮的災難，不僅濫捕濫殺，貪得無厭，而且還以自己的好惡決定取捨，例如，烏鴉只是因為黑而被嘲笑和詬罵，貓頭鷹只是因為叫得難聽就幾乎被趕盡殺絕，甚至連小小的麻雀也不能幸免，只是因為偷吃了幾粒糧食則被打成了反革命，結果是全民動員，幾乎遭到滅頂之災。後來雖然平了反，但恐怕還是心有餘悸，那段可怕的經歷是永遠也難以忘懷的。想到這裡，我忽又良心發現，或者說是第二次頓悟，深深地覺得，人類對於鳥類的態度實在應該來一次徹底地反省，樹立起一種鳥意識。

戴克正在默默地收拾行裝，準備繼續往南。我則收起相機之類，準備返回巴羅。臨別，我們緊緊地擁抱在一起。猶豫再三，我終於憋不住地輕聲問他：「戴克，你有妻子和兒女嗎？」

他久久地凝視著我的臉，似乎是很不情願地低聲說：「是的，曾經有過，不過她們就像鳥兒一樣地飛走了。」

「為什麼?」我追問道。

「說來話長。」他黯然地說,「我們結婚三年,有一個很可愛的小女兒。到第四年時,我有八個多月一個人住在一個小島上對那裡的鳥類進行觀察,根本無法通信。後來我回到基地,她給我打電話來,我因為腦子還沒有轉過來,她說了半天,我還以為是鳥叫呢,所以一句也沒有聽清楚。她氣極了,實在受不了,便棄我而去。」

「她也許會像候鳥一樣,過幾年還會回來的。」我安慰說。

「她已經嫁人了。」他慘淡地說,「是我支持她這樣做的。我雖然很愛她,但我也知道,她跟我生活在一起是不會幸福的。」

「那麼,你在北極工作了這麼多年,為什麼不找一個愛斯基摩姑娘結婚呢?」

「不!那不可能。」他堅決地搖搖頭,「因為生活習慣差別實在太大了。你知道,愛斯基摩人是靠打獵為生,他們也以鳥類為食,這與我格格不入。」說完,他背起東西出發了,默默地向草原深處走去。寒風吹拂著他那蓬亂的金髮,夕陽映出了他那長長的影子。

鳥論之二

第一次出獵就遇上了一個陰雨天氣，陪同我的是一個叫馬克的白人小伙子。出發之前，我們做好了充分準備，穿上防水皮衣，蹬上長筒靴子，戴上防護面罩，背上行裝和相機，馬克還選了一支大號的獵槍，並壓上了一種特製的子彈，看著我好奇的目光，他笑著解釋說：「這是為了提防北極熊的。當然，我並不想傷害牠們，但如果牠們硬要撲上來，我們也就只好自衛反擊了。」我於是惴惴，產生了一種矛盾的心情，既想見見北極熊的尊容，但又害怕真的遇上牠們，因為，無論是牠們把我們吃掉，還是我們把牠們殺了，其結果都不是非常愉快的。

一切準備就緒之後，便騎上一輛寬輪胎的三輪摩托車，沿著海邊鬆散的沙灘往北急馳而去。雨中夾雜著雪花，打在臉上針扎似的。北風颼颼，手伸在外面，很快就麻木了。跑著跑著，馬克突然來了個急剎車，我便猛地往前一竄，差點摔了下來。只見他彎著腰，仔細地觀察著深深印在沙灘上的一些圓形腳印，神情緊張地喃喃自語著：「天哪，看來牠們真的來過這裡。」

「誰來過這裡？」我湊上去好奇地問道。

「北極熊。」他指著地上的圓坑，肯定地說：「你看，這裡還留下了牠們的白毛呢。」

我也頓時緊張了起來，趕緊四處搜尋，生怕牠們藏在什麼地方，冷不防地猛撲上來，那可不是好玩的。幸好，周圍除了大海之外，則都是一馬平川的沙地，北極熊找不到什麼隱身之處。我們又用望遠鏡仔仔細細搜索了一遍之後，覺得似乎沒有什麼危險，便又繼續前進了。

「這就是巴羅角。」當摩托車終於跑到了陸地的盡頭時，馬克翻身跳了下來，指著面前的沙灘說，「我們站的地方已經到了北緯七十一度二十三分左右了，這是美國陸地的最北端，單憑這一點就令許多人嚮往不已。」

我也跳了下來，先是拍了幾張照片，作為留念。然後放眼望去，覺得也沒有什麼特別之處，只是在岸邊不遠，漂著幾塊巨大的浮冰，在蔚藍色的大海上顯得格外醒目，就像是一堆玲瓏剔透的白玉。正在看得出神，忽然有群海鳥從那堆白玉中驟然升起，翻飛著，鳴叫著，足有數千隻，像一團流動著的灰白色煙霧。

雨停了，迎面吹來尖利的風。頂著風向望去，鉛灰的天和深藍的海緊緊地擠壓在一起，只有一條水平的直線橫在中間，像是一條細細的縫隙，向兩邊無限的延伸開去。眺望著那天和海的盡頭，自然而然地便想起了北極點，如果能到那裡去踩上一腳，並插上我們的國旗該有多好啊！於是非常羨慕那些自由的鳥類，如果自己也能長上翅膀，一定會不顧一切地向北飛去。

正在想入非非之際，馬克的驚叫打斷了我的思路。「快來看！」他指著地上的一堆白骨。我奔了過去，只見有幾塊非常粗大的骨頭散布在沙地上，那顯然是鯨魚的。還有一些帶有牙齒的下頷骨，那是馴鹿的。除此之外，還有幾塊紡錘狀的骨頭，很像是腿骨，但是人的還是動物的就不得而知了。

累累白骨總能使人感到壓抑，況且又在這曠野之中，馬克和我都不說話。過了好大一陣，他才緩緩地說：「這裡曾是愛斯基摩人聚居的地方。當然，那是很久以前的事。」

巴羅角的頂端還有一段沙堤，伸向正西，約有一公里。為了擺脫這沈悶，馬克提議說：「我們到那邊去看看吧。」於是我們又跨上了摩托車。

這段沙堤寬約十幾米，有許多鳥類落在上面休息，見摩托車來了，極不情願地、懶洋洋地飛了起來，車子一過，便又迫不及待地落了下去。

除了飛鳥和沙子之外，堤上還散布著一些漂木、鯨骨、魚網、衣物。堤外的大海冰山林立，風大浪急，而堤內的水域卻是風平浪靜，連一塊浮冰也沒有，倒像是一個湖。因而鳥類也就特別多，牠們結成大群，在水面之上一掠而過。有的不時地扎下水去，捕捉魚蝦，有的卻不思勞作，專在空中行劫，見人家捕到了東西，牠便上去掠奪，且每每得手，真是「幹的不如看的，看的不如搗亂的」。看來，鳥類的世界也並非是一個理想的天地。

正在行駛之中，冷不防從一堆漂木之中跳出一個人來，對著我們大吼一聲：「站住！」把我和馬克都嚇了一大跳。待定睛看時，原來正是戴克蘭，那位鳥類專家。他先和馬克緊緊握手，一見是我，便撲過來擁抱，並大聲地說：「又見到你了，非常高興。」

「我也是。」我端詳著他的臉，開玩笑地說，「每次見到你，都被你嚇個半死。」他聽了以後，咧開嘴笑了。

時間已近中午，馬克有事急著回去，但我卻很想跟戴克蘭多待一會，向他討教一些有關北極鳥類的知識。於是我請馬克晚飯之後再來接我，但戴克蘭卻擺擺手，不容分辯地說：「不！你明天早上再來吧，他今晚上就住在我這裡。」

「啊？」我不禁倒吸了一口冷氣，「住在你這裡？」我茫然四顧，沙堤上除了幾段木頭之外，什麼東西也沒有，於是脫口問道，「住在你哪裡呢？」但馬克卻不管這些，也許是因為回家心切，飛身騎上摩托車，一溜煙地跑走了。「哎！哎！」我緊追了兩步，已經晚了。

戴克蘭見我那驚慌失措的樣子，開心地笑了起來。

「請坐，請坐。」他把我帶到那幾段木頭跟前，指著一根樹幹說，「就當它是沙發。」我這才看見，在那堆漂木中間，放著他那個巨大的背包，地上鋪著一些草葉，跟一個鳥窩差不多。「這就是我的窩。」他自我解嘲地說，「我們先吃點東西，填飽肚子吧。」他從背包裡摸出一些罐頭和餅乾擺在地上，因為肚子早就餓了，我們便大嚼起來。肉味散發出去，引來一大群海鷗圍觀。

風小了，天上的烏雲也已開裂，縮成一團團的。陽光從縫隙中斜照過來，灑在海灘上，使沙子變得橙黃，海水泛起金光。我們在海邊漫步，有一種小鳥總在我們前頭保持著幾步的距離，或在淺水裡跋涉，或在浪尖上嬉戲。「這是什麼鳥？」我問戴克蘭，並隨手抓起一把沙子甩了過去。牠們飛了起來，但很快又落了下去，仍然保持著那段距離。

「這是濱鷸(Dunlin)。」戴克蘭望著那群小鳥說，「別看牠們個頭很小，實際上，還是你的同鄉呢！」

「真的？」我以為他又在開玩笑。

「當然。」他淡淡地說，「牠們是在南中國海域越冬的。」

「你怎麼知道？」我深表懷疑。

「最有效的辦法是套環，即把刻有時間、地點和機構名稱的金屬環套到各種鳥類的腿上，然後就可以在世界各地追尋到牠們的行蹤。你看到那一大群灰白色的飛鳥了吧？」

「是的。」我點點頭，「牠們在這一帶似乎特別多。」

「那就是北極燕鷗，可以說是鳥中之王，牠們是在北極繁殖，但卻要到南極去越冬，每年在南北極之間往返一次，行程約四萬公里。」

「是嗎?!」我深深地吸了一口氣，「原來這就是北極燕鷗，真是遠在天邊，近在眼前，可惜我有眼不識泰山。」我自言自語地說，心中油然生出某種敬意。再看看那些神奇的鳥類，是那樣的矯健有力，快如閃電，確實是氣度不凡。

「實際上，」見我望著空中的北極燕鷗陷入了深思，戴克蘭也便感慨起來，「四萬公里還只是指南北極之間的直線距離，如果考慮到牠們曲折的飛行路線和起落覓食，牠們一年中的飛行距離肯定會超過五萬公里。人類雖然為萬物之靈，已經造出了非常現代化的飛機，但要在南北極之間往返一次也絕非一件容易的事。不僅如此，牠們還有非常頑強的生命力，一九七〇年，有人抓到了一隻腿上套環的燕鷗，結果發現牠已經活了三十四年。由此算來，這種體重只有一百克左右的小小鳥類一生中大約要飛行一百五十多萬公里的距離，其非凡的能力真令人嘆服。」沒有想到，連看來總是玩世不恭的戴克蘭也對北極燕鷗懷著如此深切的敬意。

「而且，這是一種非常美麗的鳥。」沈默了一陣之後，我補充說，「你看那紅色的長喙和雙腳，就像是用寶石刻出來的一般，而那黑色的頭頂就像是戴著一頂呢絨帽子。」我指點著那些正在翻飛中的燕鷗，連聲贊嘆著。「那灰白的羽毛從上面看下去很難和大海區分開來，而身體下面的羽毛卻是黑色的，海裡的魚從下面望上去就很難發現牠們的蹤跡，萬能的造物主啊，這是一種多麼巧妙的設計和構思！」

「但是，我所欽佩的還不是牠們那華麗的外表。」大約是因為我的言詞過於熱烈了，戴克蘭冷冷地回了我一句，「我覺得最可貴的是牠們那種不怕艱險而追求光明的精神和勇氣。」說到這裡，他又沈默不語了。

正在這時，一大群北極燕鷗紛紛落到了我們周圍的沙地上。牠們無論是在飛行之中，還是落地歇息，總是叫個不停，像是吵架似的。我們走過時，牠們便飛起來，讓出一條窄窄的路。那巨大的群體和陣陣的聲浪幾乎把我們淹沒。

「這些可愛的生靈不僅勇敢無比，而且也很好鬥。」戴克蘭捧起一把沙子，向幾隻正在撕打的燕鷗揚去，「別看牠們內部毆鬥得很凶，但卻懂得一致對外的道理。實際上，牠們總是聚成成千上萬隻的大群，就是為了集體防禦。像貂和狐狸非常喜歡偷吃牠們的蛋和幼子，但在如此強大的陣營面前，也往往是猶豫再三，望而卻步，必須三思而後行之。就連最為強大的北極熊也怕牠們三分。有人曾看到過這樣一個動人的場面：在一個小島上，有頭北極熊正在試圖悄悄地逼近一群北極燕鷗的聚居地，當牠那笨拙的身軀終於暴露無遺時，爭吵中的燕鷗突然安靜下來，然後開始出擊。只見起飛的燕鷗像箭一樣猛烈地向北極熊俯衝下去，並用堅硬的喙狠啄狗熊的頭部，在雨點般攻擊之下，狗熊雖然凶猛，但卻只有招架之功，並無還手之力。牠拚命地搖晃著自己的腦袋，好像在說：『我服了，我服了。』然後踮起屁股，逃之夭夭。」戴克蘭抱著腦袋，學著狗熊逃跑的樣子。說完，我們都哈哈大笑起來。

「如果僅從飛行距離的長短來看，若要選一個亞軍則是黃金鴴。分散在阿拉斯加大部和加拿大北極地區的黃金鴴秋天一來先是飛到加拿大東南部的拉布拉多海岸，在那裡經過短暫休養和飽餐一陣，待身體儲藏起足夠的脂肪之後，則縱跨大西洋直飛南美的蘇里南，中途不停留地一口氣飛行四千五百多公里。最後來到阿根廷的帕潘斯草原越冬。而在阿拉斯加西部的黃金鴴則可一口氣飛行四十八小時直達夏威夷，行程四千多公里，從那裡再飛三千多公里，到達南太平洋的馬克薩斯群島甚至更南地區。在所有鳥類之中，黃金鴴具有最高明的導航系統，在幾千公里毫不停留地飛行之中，牠們可以選擇一條最短的路線毫不偏離地直達自己的目的地。」

「這種鳥什麼樣子?」我好奇地問道。

「在這裡不可能找到牠們。」他環視了一下四周,「牠們生活在草原上。黃金鴴也是一種非常聰明的生靈,且有強烈的母愛之心。當有天敵出現時,牠們則伸出一個翅膀,裝成折斷了的樣子,以此來吸引天敵的注意,保護其幼子免遭襲擊,真是可憐天下父母心啊!」戴克蘭說完,顯出一副深有感觸的樣子。我猜想,他大概想起自己的孩子來了。「黃金鴴這種鳥類捨己救子的勇敢行為常常使我深受感動,牠們對於侵入自己領地的狐狸甚至獵人總是給以凶猛的反擊,群起而攻之,犧牲生命也在所不惜。有一次,我想去觀察一下牠們孵蛋的情況,儘管我費盡心機,竭力裝出無害的樣子,試圖慢慢地靠近牠們,但還是被牠們啄得頭破血流,抱頭鼠竄而去。因此,有些小鳥則把自己的窩築在黃金鴴的領地或者附近,以便得到牠們的保護。」說到這裡,他順勢躺到沙灘上,兩眼望著大海,陷入了沈思。

太陽轉到西北,在烏雲叢中時隱時現。海風吹來,增添了一絲涼意。戴克蘭從深思中揚起頭來,望著我的臉,「喂!親愛的朋友,你喜歡鳥嗎?」

「喜歡。」我笑笑說,「當然喜歡!」又進一步加強了語氣。

「很好。」他對我的回答表示滿意,「實際上,我以為鳥類是最高貴,最美麗,最自由,最聰明,外表最美觀,叫聲最悅耳的動物。生活在牠們中間,你會覺得輕鬆愉快,無憂無慮,簡直就像是成仙得道了似的。只可惜我沒能長出一對翅膀來。」說到這裡，他深深地嘆了一口氣。

「別著急，」我半開玩笑地安慰他說，「也許有一天你會變成一隻美麗的天鵝；就像《天鵝湖》裡的奧介托公主那樣。」

「不過，那必須要有魔鬼沃特巴爾的幫助。說實話，我真想能碰到他，請他把我變成一隻鳥，隨便什麼鳥都可以，這樣我就可以更好地深入到鳥類的世界中去觀察和研究牠們了。當然，如果那個魔鬼不高興，把我變成一隻癩蛤蟆可就糟了，呱呱呱，只能在地上爬來爬去，那該多悲慘啊！」說著，他學著青蛙的樣子在沙地上蹦嗒起來，把我的肚子都笑痛了。

就這樣，整個下午我們都在海灘上跋涉，走累了就坐下，坐累了就躺下，隨心所欲，漫無目的。話題也是如此，天南地北，海闊天空，但卻總也離不開一個「鳥」字。我們仔細地觀察著各種海鳥的飛行儀態和速度，他給我詳細地介紹著牠們的生活習性和奇聞趣事。在這半天的時間裡，我所學到的有關鳥的知識比過去幾十年所瞭解的都要多。確實，在如此多鳥類的陪伴之下，在這鳥類王國的汪洋之中，我切切實實地體驗到了一種從未有過的自由和輕鬆，雖然身體不能起飛，但思想卻如長上了翅膀，飄飄然如入雲端，與鳥兒一起遨遊四方去了。真是寵辱皆忘，心曠神怡。

「你來晚了。」當我們吃完晚飯，坐在漂木上打著飽嗝時，他又把話題扯到鳥上來了，「六月的北極草原是鳥類王國最熱鬧的季節，那時你來看看牠們的求偶表演，真是有趣極了，有的唱，有的跳，有的翩翩起舞，有的軟磨硬泡，都在千方百計，不擇手段地去贏得異性的歡心，在這一點上與人類社會的談情說愛差不多。所不同的是，牠們是直來直去，開誠布公，行就行，不行就拉倒，並不像人類的兩性之間存著那麼多引誘、欺詐、玩弄、利用。所以，鳥類比人類實在要純潔多了。」說到這裡，他似乎又想起了什麼事，沈默不語了。

「鳥類之中是否也實行一夫一妻制？」為了使他能從回憶中解脫出來，我故意提出了這樣的問題。

「噢，不！不！」他使勁地搖了搖頭，像是要從頭腦中甩掉什麼似的，「鳥類既有一夫一妻制，也有一夫多妻制和一妻多夫制，但以一夫一妻制的情況為最多，這一點也與人類社會極為相似。根據套環所得到的資料研究表明，有些涉鳥和鳴鳥往往能結成永久性的夫妻，連續許多年一直生活在一起。天鵝就是一個很好的例子，夫妻往往長期廝守，一隻死了，另外一隻就守在旁邊，悲鳴不已。但是，由於北極極其嚴酷的自然環境，有些鳥類，特別是一些體形比較小的鳥類，則必須採取一些特別的措施繁衍後代，以便保持自己的數量。例如沙鷗(Sanderling)，就是遠處那一群灰白色的鳥類，牠們在南半球越冬，且其羽毛會變成非常漂亮的黃褐色，春天一來到北極，則急急忙忙地進行交配。然而，有趣的是，婚後妻子卻同時生下兩窩蛋，一窩交給丈夫，一窩留給自己，夫妻平等，各負其責，真可以說是鳥類甚至也是人類婚姻中的楷模。如此公平合理的男女平等，你們中國人能做得到嗎？反正美國人是不行，不是男的欺壓女的，就是女的欺壓男的，兩性之間似乎總有一場打不完的戰爭似的。」

他望著我，開心地笑了。

「還有一種鳥也很有意思，那就是紅脛的法拉洛普（Phalarope，因為沒有弄清其中文名字，所以只好音譯）鳥。這類鳥的兩性在繁衍後代中的角色似乎正好顛倒了過來。一般的鳥類都是雄性體態巍峨，且長有華麗的羽毛，而雌性則樸實無華。但法拉洛普鳥卻恰恰相反，是雌性花枝招展，體態豐滿，春季一到則千方百計勾引雄性的注意，一旦成交，則很快產下四個蛋來交由丈夫孵化和餵養，自己則揚長而去，不出幾天則另尋新歡，且如法炮製，由第二任丈夫去孵化和照料第二窩幼子，牠自己則溜之大吉，找地方去飽餐休養，恢復體力，以便再次往南遷移。這種鳥類不僅是一妻多夫，而且簡直就是母系氏族。」

不知什麼時候，太陽已經悄悄地隱藏到雲層後面去了。是夜裡十點多，雖然天色暗了下來，但卻仍然是黃昏的景色。我有些倦意，偷偷地打了個哈欠。但戴克蘭卻仍然是精力充沛，滔滔不絕，大概是因為他很少能有一個如此真誠地聽他說話的對象，所以顯得有點興奮而得意。「這些年來我一直在觀察和研究鳥類，最使我感到興趣而且迷惑不解的，是各種鳥類在北極這種嚴酷自然條件下的生存手段和能力。例如，為了逃避天敵，北極鵝總是把自己的窩築在高高的懸崖上。但是，有其利必有其弊，這樣雖然可以使饞嘴的狐狸無計可施，但卻也給自己的幼子造成了極大的困難。因為小鵝孵出來後幾個小時就得離開老窩到草地上去覓食，而牠們又不會飛，只能冒著生命危險往下跳，有趣的是，牠們的肚皮上都生有厚而密的絨毛，而在下落時又總是把兩隻帶蹼的腳丫子張得大大的，就像是兩把小小的降落傘，所以大部分小鵝都能奇蹟般的安全落陸！另外，牠們總是組成成千上萬乃至幾百萬的大群，給天敵造成一種威懾，也是牠們求生的妙法之一。最有趣的也許要算貓頭鷹。你知道，在其他地方的貓頭鷹，總是白天睡覺，晚上捕食，但在北極的夏天，根本就沒有黑夜，所以這裡的貓頭鷹都是在大白天也只能是大白天捕食。牠們的生存主要取決於旅鼠(lemming)的多少，旅鼠多時，牠們就會大量繁殖，而當旅鼠少時，聰明的貓頭鷹則會主動進行計劃生育，少生甚至不生。不僅如此，即使在通常的情況下，牠們也總是隨時隨地地做好應付饑荒的準備，例如牠們在下蛋時，總是每隔兩到四天才下一個蛋，這樣，待幼子孵出來後則就會一個比一個大，哥哥弟弟，姐姐妹妹分得清清楚楚。」說到這裡，他故意停了下來，兩眼直直地望著我，賣了一個關子。

「那有什麼意義呢？」我奇怪地問道，「這樣豈不延長了出飛的時間？」

「意義就在於，」他加重了語氣，「一旦發生了饑荒，父母捕不到足夠的食物或者突然死亡，那時候大的就可以把小的吃掉，而使自己得以生存下來。」

「啊？」我睜大了吃驚的眼睛，「這豈不是有點過於殘忍了嗎？」

戴克蘭大概早就猜透了我的心理，所以不屑一顧地瞥了我一眼，慢吞吞地反問道：「是大家都死掉好呢？還是犧牲小的而使大的活下來好呢？」

「當然，可是——」我支支吾吾起來，一時不知該說什麼好。

「你是把人類的思維方式加到鳥類身上去了，若用人類的行為準則去衡量鳥類的生存競爭，當然會覺得不可思議。但是，鳥類是現實的，牠們不受任何道德觀念的約束，更沒有什麼虛偽的言辭，牠們所面臨的最大挑戰是如何生存下去，為此而可以不擇手段，這正是牠們的聰明之處。」

「……」我無言以對了，雖然很想說點什麼，但又張口結舌，一句話也說不出。

「其實人類又何嘗不是如此。」看見我有點窘，他的口氣也緩和了下來，「如果往前追溯起來，可以肯定，世界上所有的民族都曾有過同類相食的歷史，就在幾十年之前，愛斯基摩人還是如此，你到他們當中去問問，他們會告訴你許多這類故事。有些部落就是靠這種辦法才得以生存下來，難道說，活到今天的人們能去指責他們的祖先行為不端嗎？」

「那麼，鳥類怎樣才能知道用如此巧妙，儘管看上去有點殘酷的方法去爭取生存的權利，並且又能一代代地傳給自己的後代呢？因為牠們並沒有文字。是基因？是本能？還是上帝？」我因不願意再去討論如此沈重的話題，便借機又了開來。

「這正是生物學家們正在苦心思索的問題。『自然競爭，適者生存』的法則無疑是對的，但是，各種生物怎樣把自己求生的各種訣竅傳給自己的後代，卻是神祕莫測，至今仍然未能搞清楚的問題。」說完，他也低下頭去，似乎談興已盡，開始整理自己的東西。

雲層漸漸變薄，太陽又顯出了圓圓的輪廓，但卻並無光輝，且已經接近海平面了。天色暗淡，海水變成烏黑。冷風撲面，絲毫沒有停下來的意思。大群的海鳥仍然在奮飛，覓食，爭吵，打鬥，對牠們來說，似乎並沒有什麼白天黑夜之分。但我確實有些困倦了，悄悄地打著哈欠，開始盤算著如何在這裡過夜。說實話，這時我非常希望馬克能突然出現，把我接回基地去。於是頻頻地向巴羅方面張望，寄盼著能出現什麼奇蹟。時間在慢慢地流逝，烏雲在緩緩的飄移，太陽似乎也正在下沈，我卻突然害怕起來，生怕它沈到海裡去，而把黑暗投給這天涯海角。再看看戴克蘭，他卻仍然沈默著，在那個萬寶箱似的背包裡摸索著什麼東西，彷彿忘記了我的存在，似乎壓根兒就沒有我這個人似的。我於是升起了一種渴求，希望我們的談話能夠繼續下去，只要再堅持五六個小時，馬克也許就會出現了。

「戴克，」我用了非常親切的稱呼和語調，「你去過南極嗎？」

「嗯。」他漫不經心地應了一聲，抬起頭來看了我一眼，「噢，是的。」像是看透了我的心思，語調忽然變得熱烈起來，「南極，那也是一個令人神往的地方。」他遞給我一罐啤酒，自己也打開一罐喝了一口，於是精神煥發，開始了一個新的話題。我在心中暗暗竊喜，因為睡覺的時間又可以往後推遲了。

「但對鳥類來說，南極卻並不是牠們的天堂，因為那裡實在太冷，而且也沒有什麼可以吃的。」他真是三句話不離本行，總也離不開一個「鳥」字。「因此，南極的鳥類總共只有四十三種，而北極卻有一百二十多種。而且，南極雖然也有候鳥，但那裡的候鳥遷移的距離很短，只是在南極附近作短距離的南北遷移。飛得最遠的要數信天翁，可以繞南極作長距離飛行，但卻並不往北遷移。而北極的候鳥卻是全球性的，一到夏天，幾乎所有大陸上的候鳥都湧向了北極。因此，對於鳥類王國來說，北極是其活動的中心，而南極充其量也不過是一塊並不那麼重要的屬地而已。生活在北極的鳥類主要有三大類，其中涉水禽鳥約有四十三種，鴨、鵝等獵鳥二十多種，各種海鷗及信天翁等三十多種。和南極一樣，常駐在北極的鳥類也很少，只有十幾種，生活在陸地上的有雷鳥、烏鴉和金翅雀，而漂泊在海上的則有羅斯鷗、象牙鷗和小海雀等。」

「由此看來，北極確實是鳥類的天堂了。」為了使他的談興保持下去，我竭力附和著。

「不！不！」他堅定地搖了搖頭，「北極雖然有遼闊的草原，豐富的昆蟲和小動物，且很少人類的干擾，但這裡嚴酷的氣候條件對鳥類來說同樣是一種嚴峻的挑戰。你想想，這裡的夏天最多也不過兩個月的時間，在這短短的六七十天之內，牠們必須完成從戀愛到結婚到懷孕到下蛋到孵化到餵養長大成人等一系列的程序，到七月底八月初，所有的幼鳥都必須羽毛豐滿，能夠飛翔，以便隨時準備離開這塊大寒將至的土地，其任務是多麼艱巨啊！同樣的過程，人類需要幾十年，而牠們只有幾十天！由此看來，人類實在是一種養尊處優的動物，請設想一下，如果人類也回歸大自然和其他動物一樣去競爭，首先被淘汰的很可能就是人類！也就是說，人類的自然生存能力是最差的，之所以能夠高高在上，成為萬物之靈，完全是依靠自己的聰明才智，或者說，人類完全是靠小聰明，才取得今天的優越地位的。」戴克蘭就像是一個虔誠的拜物教的教徒一樣，在竭力頌贊鳥類的同時，總是不失時機地對人類的行為大加貶斥，我真懷疑他是否患上了某種「崇鳥症」。

「其實鳥類也是非常聰明的，某些生存技能甚至比人類還要高明。」他不理會我懷疑的目光，仍然侃侃而談，繼續為鳥類大唱頌歌。「由於這裡氣候多變，所以對所有候鳥來說，到達和離開北極的時間以及沿途的遷徙路線都至關重要。因為，如果來得早了，北極冰雪尚未融化，就有可能餓死；而若離開得晚了，暴風雪一到，就有可能被凍死。不僅如此，在幾千公里的遷移途中還必須要有足夠的體力，因此，必須選擇適當的路線，來進行這種生命攸關的旅行，中途就像飛機加油一樣，每一站都必須有適當的地方落腳，以便能吃飽肚子，只有這樣，才能儲存起足夠的能量，而且躲開惡劣的天氣，這需要多麼周密的計劃和巧妙的安排啊！例如我們前面所說的黃金鴴就是非常精明的旅行家，因為北極草原有豐富的昆蟲，使牠們的體內能積累起大量的脂肪，才有可能提供足夠的能量，進行超長距離的遷移。而且牠們也知道，一旦到達南方草原，就會有足夠的昆蟲可以充饑。所以，當牠們往南飛時，就可以漫山過海，從阿拉斯加西北部一口氣一直飛到夏威夷。然而，當牠們從南往北遷移時，因為北極的春天蟲子尚未孵化出來，所以一路上就小心翼翼，不再做跨海的長途飛行，而是沿著陸地邊吃邊飛，以便能攜帶著足夠的能量進入北極。如果牠們回來時也漫山過海，中途不停地飛行數千公里，使體內的能量消耗殆盡，那麼，進入北極之後，一旦遇上壞天氣，找不到吃的，則必死無疑。還有一種水鳥 Knot（不知其中文名字），是在南非越冬而在格陵蘭北部繁殖，套環研究表明，牠們從南非先是飛到大不列顛群島，在那裡吃飽喝足之後，卻並不直接往北進入格陵蘭，而是首先飛到斯堪的納維亞半島沿岸，在這裡牠們便有機會隨時觀察北極的氣候變化，一旦條件成熟，則從挪威北部沿著環北極的最短路線直接往西進入格陵蘭，這樣既縮短了在海上長途飛行的距離，又能最大限度地保存體內的脂肪和能量，這是一種多麼聰明的生靈啊！由此可見，牠的智慧比起人類來毫不遜色。」

「然而，牠們是無論如何也鬥不過人類的。」我一語雙關地說。

「是的。」他同意地點點頭，「因為牠們不會耍陰謀詭計。長期以來，人類對於鳥類採取了一種極端錯誤的政策，或者捕殺吃肉，或者捉來觀賞，致使有些鳥類在人類的追殺之下滅了種，而更多的現在正面臨著滅種的威脅。例如，北極這地方就受到了愈來愈大的壓力，如果這裡的環境遭到徹底地汙染和破壞，全世界的鳥類就會陷入極大的混亂之中，其後果將是不堪設想的。」

「也許可以將某些鳥類有意識地加以餵養，以免其絕種。」我隨口說道。

「不！」他大聲說，「可笑的是，有人認為殺鳥為不仁，而養鳥卻是善事，這實在是大錯而特錯了。實際上，這正如死刑與終生監禁，其實沒有質的區別。死刑固然慘烈，但那痛苦卻很短暫；而終生監禁雖然可以苟且偷生，但所忍受的磨難卻要長久得多。因此，如果我是一隻鳥，寧可被人一槍打死，也絕不願意被長年關在籠子裡。」說到這裡，他似乎又激動起來，站起身來，來回地踱著步子。

看看錶，已經是淩晨兩點多鐘，太陽的圓臉仍然躲在雲層的薄紗之後，像一個氣球，在海平面之上漂浮著，絲毫沒有沈下去的意思。我伸伸懶腰，暗暗慶幸已經熬過了大半夜，但也明白，最難過的時候還在後頭。但是，現在我已經放心，就是看來不會有伸手不見五指的黑夜，如果真有北極熊從海裡爬上來，遠遠就可以看見了。因為北極熊是游泳能手，在海裡連續游上幾十公里根本就不成問題，而這正是我最擔心的。如果馬克指給我看的那些腳印真是牠們留下的，不正說明牠們隨時有可能在這一帶出現嗎？想到這裡，我很是後悔沒有把馬克的槍留下來，若有槍在手，至少也可以壯壯膽子。再看看戴克蘭，也已經哈欠連連，看來是熬不下去了。他正在從容不迫地打開行李，準備就寢，卻絲毫也沒有害怕的樣子。我心中一動，似乎又獲得了一點勇氣，他既然已經在這裡睡了好幾個晚上都沒有被狗熊吃掉，我剛來睡一覺牠們就會光顧嗎？於是跺了跺腳，湊過去說：「怎麼，要睡了？」

「是的。」他順手把一個毯子扔給我，「這個給你。」然後打開一個睡袋，鑽了進去。「睡吧，不早了。」他把睡袋拉好，並向旁邊挪了挪，給我空出一塊地方來。「天為被，地為床，風作伴，鳥站崗，大海唱著催眠曲，太陽當燈明晃晃，這是世界上最高大，最寬敞，最自由，空氣最好的旅館了，恐怕你還沒有住過這樣的高級旅館吧？這比總統套間還要好得多。」

「不！」我搖搖頭說，「我在南極的野外睡過二十多天，不過那裡沒有——」剛想說那裡沒有北極熊，幸好立刻打住，差點露了馬腳。

「那裡沒有什麼？」他抬起頭來望著我。

「那裡沒有這麼多鳥！」我立刻改口說。

「那倒是真的。」他把腦袋放了下去，閉上了眼睛。「晚安！」便再也不說話了。

我們的床鋪是在兩根樹樁之間，躺下之後，從遠處望去，只是一堆木頭而已。我把毯子鋪一半蓋一半，身子輕輕放平，因為是全副武裝，所有的衣服都穿在身上，所以並不覺得冷。轉過臉來看看戴克蘭，想找個話題再跟他聊上幾句，但他卻早已入睡，開始打起呼嚕來了。我卻翻來翻去，怎麼也睡不著。這時，有一大群海鷗落在我們的周圍，有的蹲下，有的站著，縮著腦袋，打起瞌睡來。我忽然又想起戴克蘭所說的「鳥站崗」，於是心頭一亮，如果狗熊來犯，海鷗一叫，我們就會被驚醒，這真是再好不過了。直到這時，我才明白，戴克蘭之所以能放心大膽地呼呼大睡，原因可能就在於此吧。再看看那些海鷗們，內心充滿了感激之情，對於戴克蘭對鳥的感情之所以如此之深，自己也開始有所理解了。

不知什麼時候，我也迷迷糊糊，漸漸進入了夢鄉，正在一塊浮冰上漂流，突然有隻北極熊張牙舞爪地撲了上來，我不顧一切地奮起反抗，卻被牠咬住了衣服袖子，怎麼也掙脫不掉，猛然驚醒過來，原來是一隻胳膊壓麻了。翻身看時，戴克蘭的睡袋早已空空如也。這時，雲消霧散，朝霞滿天，只見戴克蘭站在海邊，舉著望遠鏡正在聚精會神地觀察著鳥類的飛行。他那高大的身軀沐浴在晨曦之中，一頭散亂的金髮在隨風飄動，長長的身影從他腳下延伸，一直伸展到茫茫的大海裡隨波湧動。

論鯨

如果說，在南極時最想看到的是企鵝，那麼，來到北極之後，最想看到的自然是鯨魚。因為鯨魚不僅是地球上最大的動物，而且也是一種智商非常高的生靈。然而，可惜來的不是時候，因為，鯨魚就像是候鳥一樣，只有在春秋兩季才經過巴羅附近的海域，春天是在四五月份，秋天則要等到九十月份。我算了算經費，最多能支撐到九月上旬，於是便盼望著，希望能有個好運氣。

轉眼已是九月七日，天陰著，北風勁吹，雪花都在橫向飛舞。早飯之後，懷著依依惜別的心情，懶洋洋地整理著東西，北極之行進入了尾聲，已經有點歸心似箭了。忽然，有人在外面大聲喊叫：「鯨魚！鯨魚！」接著是一陣雜亂的汽車和摩托車的轟鳴聲。我扔掉手中的東西，抄起相機和背包，不顧一切地衝了出去。可是，遺憾的是，當我嘰哩咕嚕，氣喘噓噓，好不容易奔到海邊的時候，只見人們都在望洋興嘆，因為鯨群早已遠離岸邊。按照人們指點的方向，我伸著脖子眺望了半天，終於看到了一個鯨魚尾巴，像兩把巨大的扇子，緩緩地從海中升起，還沒有等我舉起相機，卻又慢慢地落了下去。人們都漸漸走散，我卻仍然站在那裡，戀戀不捨，希望能出現奇蹟。但是，兩個小時過去了，除了陰風怒號，濁浪排空，烏雲翻滾，冰山搖曳之外，卻連一個鯨魚的影子也沒有望到。凍得實在受不了，只好垂頭喪氣，怏怏而回。

在住處的門口，正好遇到湯姆・奧爾伯特博士，他是這裡的首席科學家，他是我在北極結交的最好的朋友之一。見我悶悶不樂的樣子，便關切地問道：「怎麼，是否出了什麼事？」

「不！」我搖搖頭，「只是覺得有些掃興，看來在這次北極之行中，我是無緣再看到鯨魚了。」

「原來如此。」他笑了，「下次再來吧，最好是在春天，我保證讓你看個夠。不過，你如果真想瞭解有關鯨魚的情況，我現在就可以告訴你。」於是，便把我帶進了他的實驗室。湯姆是一位有名氣的鯨魚專家，他在北極已經幹了十三年了。

「從解剖學上來看，鯨魚和海象、海豹一樣，也是由陸生的食肉動物進化而來的，不過更早一些，大約是在五千萬年以前，地質上叫做始新世，牠們便從大陸回到海裡，但那時的鯨魚比現在的要細長一些，就像海蛇似的，當然要比海蛇大得多。所不同的是，海象和海豹必須到陸地或冰蓋上去產仔，因而具有兩棲的性質，但鯨魚則不能，也許是因為牠們的軀體實在是太龐大了的緣故，所以只能終年待在水裡，牠們才是真正的水生哺育動物。」說到這裡，湯姆突然問道：「你知道陸地上最大的動物是什麼嗎？」

「是大象。」我毫不猶豫地回答。

「是的。」他點點頭，「但你想過這樣的問題沒有：因為海洋的面積比陸地大得多，所以海洋裡養育出來的最大動物也就比陸地上的大許多，這是為什麼？」

「不知道。」我困惑地望著他，「也許是某種尺度效應吧。」

「是的。」他笑了笑，「我也是這麼想。」然後他又補充說：「如果月亮上有人，肯定會比地球上的人小得多。大概就像神話中的小人國差不多。」

「如果木星上有人，那就一定是巨人國了。」我開玩笑地說，他聽了以後，忍不住哈哈大笑起來。

談到鯨魚的生存之道，湯姆深有感觸地說：「牠們真是一種神奇的動物。要知道，水的阻力要比空氣大得多，例如，人用十秒左右就可以跑完一百米，但要游完一百米卻需要幾十秒的時間，而鯨魚在水裡卻能游得那樣的輕鬆自如，使人看了贊嘆不已，覺得牠們那龐大的軀體和那浩瀚的大海實在是一種完美的結合和統一。另外，鯨魚是一種溫血動物，牠們的體溫總是保持在攝氏三十七度左右，跟人的差不多。但是，海水卻是涼的，特別在北極海域，水溫常常在零度以下，而且，水吸收熱量的速度要比空氣快得多，因此，一個人掉進水裡，即使穿著很厚的衣服，也用不了幾分鐘就會被凍死。但鯨魚卻能長期生活在這裡，依靠其巨厚的皮層和皮下脂肪來保持其體溫。不同種類的鯨魚其皮下脂肪的厚度是大不一樣的，有的只有幾公分，有的則厚達半米。但是，有其利必有其弊，這層脂肪雖然有效地保持了其體溫，與此同時卻也帶來了一個問題，即當鯨魚長時間的游動或者遇到危險拼命逃跑時，其身體內產生的大量熱量就很難散發出去。為了解決這一問題，在其皮層表面以下分布著一個密密麻麻的血管網絡，由神經和肌肉加以控制，當其過熱時，大量熱血就會流進這個網絡中加以冷卻，溫度可以降到攝氏三度左右，其作用就像汽車的散熱片差不多。」他用刀子劃開了一個尚未出生的小鯨魚的表皮，剝出了那層網狀的血管指給我看。

「既然生活在水裡如此困難重重，牠們為什麼還要從陸地上回到海裡去呢？」

「有其弊必有其利，因為海裡食物豐富而競爭者少，所以比較容易吃飽肚皮。而且，也許更重要的是，海水雖然阻力大，但浮力也大。像鯨魚這樣的龐然大物，長可達數十米，重可達一百多噸，在陸地上是無論如何也生存不下去的，不用說覓食困難，就是活動起來也寸步難行，但在水裡卻能身輕如燕，行動自如，所以，鯨魚回到水裡，實在是一種聰明的抉擇，這也是自然進化的必然產物。」

在那間實驗室裡存放著至少三個幼鯨的標本，都是從母鯨的肚子裡解剖出來的。牠們雖然已經長成，但皮膚卻呈灰色而不是深褐色。「因為鯨魚個體太大，在實驗室裡無法保存，所以只好把這些小鯨製成標本，加以研究。」湯姆解釋說，然後突然問我：「你知道伯格曼法則嗎？」

「是的。」我點點頭，「但那是指陸生動物而言的。」接著補充說。

「不！」他擺了擺手，「水生動物也是如此，例如鯨魚為什麼要長得如此龐大，原因之一就是為了更好的保存熱量。而且，牠們的身體儘量地長成圓形，也是為此目的，因為這樣可以減少表面積，而使散熱面減少到最小。」

「我認為，牠們的身體呈流線型，像個砲彈似的，主要是為了減少阻力吧？」

「是的，那也是原因之一。鯨魚在游動時主要靠尾巴和尾葉的擺動而獲得前進的動力，而牠們的前鰭則主要用來控制深度和方向。有趣的是，其他魚類的尾巴是垂直的，靠左右搖擺來獲得推力，只有鯨魚和海豚的尾巴是水平的，靠上下擺動而前進，就像一個蝶泳運動員在大海裡游泳似的。」

「長年在北極海域生活的鯨類有幾種？」我望著牆上的一張很大的畫滿各種鯨魚的地圖

問道。

「有三種。」湯姆指著圖上的一角說，「這就是白鯨、角鯨和格陵蘭鯨，牠們的個頭都比較小。白鯨全身呈粉白色，喜歡組成幾百隻乃至上千隻的大群，在較淺的水域裡游動。角鯨則喜歡小群而居，通常是五到二十隻一組。這兩種鯨都很溫順，游動起來非常安靜，都以魚類為食。而格陵蘭鯨數量較小，是靠吃磷蝦而生存的。對愛斯基摩人來說，白鯨最為重要，因為牠們的肉好吃，牠們的油用來點燈不僅明亮，而且還能釋放出大量熱量，使房間保持溫暖。白鯨的皮也很有用，還有一種香味，可以製成各種裝飾品。雖然角鯨比較容易捕捉，因為牠們常常喜歡很長時間地停留在水層表面，但角鯨的肉不大適合愛斯基摩人的口味，只有角可以賣錢。」

「北極也有磷蝦嗎？」我奇怪地問。

「是的。」湯姆點點頭，「不過北極的磷蝦是一個集體名詞，包括各種蝦類、小魚和其他小動物，並不像南極磷蝦那樣單一。奇怪的是，在北極這種寒冷的水域，磷蝦也能聚成大群，達到非常大的密度，簡直就像是蝦粥似的，也只有這樣，巨大的鯨魚才能很容易地吃飽肚子，真是鬼使神差，就像是大自然故意安排好了似的。」

接著，他指著那張鯨魚遷游圖介紹說：「鯨的最偉大之處不僅僅在於牠們是地球上最大的動物，而且還在於牠們是一種全球性的動物。除了白鯨、角鯨和格陵蘭鯨是北極特產之外，其他所有的鯨類都是在全球性範圍內到處遷移，這是其他動物所無法比擬的。」

「不！」我打斷他說，「北極燕鷗可在兩極之間來回遷移，所以也可以算是一種全球性的動物。」

「是的，北極燕鷗確實很偉大，但牠們的遷移路線卻很單一，基本上是一條直線，並不像鯨這樣四海為家，什麼地方都可以去。牠們既可以生活在溫帶和熱帶海域，也可以深入到兩極海域去捕食。」

「那麼，鯨魚是根據什麼來記憶路線，認識方向而不至於迷路的呢？是嗅覺？視覺？還是其他感官？」

湯姆笑了笑說：「都不是。你知道，氣味在水裡傳播起來是很慢的，所以鯨魚的嗅覺基本上已經退化了，但其味覺卻非常靈敏，正如鯊魚和其他魚類一樣，這對覓食是很重要的。另外，因為聲音在水裡傳播得很慢，所以鯨魚的聽覺也不發達，為了減少阻力，外耳已經退化掉了，只剩下耳孔還常常為髒物所堵塞。因此，人們常常爭論不休，因為大家搞不清楚，鯨魚的聽覺到底有多大用處。與此相反，鯨魚皮膚的感覺卻非常靈敏，不僅在與其他物體直接接觸時是如此，就是水流通過全身，牠們也是非常敏感的，以此來調整前進的速度，並隨時保持身體的平衡。而鼻孔周圍的皮膚更為敏感，因為牠必須能正確地判斷出什麼時候應該把鼻孔張開進行呼吸。如果判斷錯了，在不該張開的時候把鼻孔張開，就有可能被嗆著甚至嗆死。鯨魚的眼睛很小，視力並不發達，而且長在下面，是沒有辦法看到頭頂上的鼻子的。而適時地張開鼻孔呼吸則是維持生命的最重要的一環，所以，鼻孔周圍皮膚感覺的靈敏程度對鯨魚的生存是至關重要的。但是，所有這些感覺器官都不能用來記路和判別前進的方向，而是由一套非常先進的聲納系統來完成這一複雜而艱巨的任務。」說到這裡，他停了下來，望著我，似乎想起了什麼問題。過了一會，忽然問道：「你知道在最近這次中東戰爭中，什麼武器威力最大嗎？」

「不知道。」我搖了搖頭。我對戰爭考慮得很少，只好隨口答道：「也許是飛機和坦克吧？」

「不！」他見我是外行，便笑了笑說，「在這次與伊拉克的戰爭中，發揮威力最大的是巡航導彈，它可以自動，準確，而有選擇性地去摧毀敵人的軍事目標，就像是長了眼睛似的。」

「是嗎？」我覺得非常新鮮而好奇，「軍事家們是怎樣做到這一點的呢？」

「不！」湯姆擺了擺手，「這不是軍事家的功勞，而是科學技術發展的結果。其實原理很簡單，就是把沿途地形地物的準確資料儲存在計算機裡，這樣，巡航導彈在飛行的過程中就可以根據沿途的地形地物來判斷和找尋自己攻擊的目標了，就像是既有頭腦又有眼睛，可以做到百發百中，把伊拉克人打得昏頭轉向，不知道是怎麼回事。」說到這裡，他哈哈地笑了起來，但很快又滿臉嚴肅，認真地說：「然而，如果把人類設計出來的這種也許是世界上最為先進的導航系統和鯨魚相比較，卻就顯得既簡單又粗糙，只能是小巫見大巫了。在極其漫長的進化過程中，為了生存和競爭，鯨類發展出了一套極其精密的聲納導航系統，牠們能根據回聲反射非常準確地判斷和記憶自己的遷游路線及其所處的位置，因而可以在各大洋裡暢游無阻而不至於迷路。」

「那麼，鯨類是通過什麼器官來做到這一點的呢？」我不解地問。

「你來看。」他指著一頭小鯨的標本說，「從解剖學上來看，鯨類，特別是齒鯨的頭部有一塊很大的脂肪。以前，人們一直不知道長在頭頂上的這塊脂肪是幹什麼用的。但是現在，至少我是這樣認為，這塊東西的作用很可能就像是一個透鏡體似的，將反射回來的聲波加以聚焦，然後送入大腦進行分析和處理，以便準確地判斷出海底地形地物的變化以及附近是否有魚群或者蝦群等食物，其精確度之高是人類所設計出來的任何聲納掃描系統都無法比擬的。由此看來，在判斷前進的路線和方向時，鯨魚很可能既不是依靠眼睛看，也不是依靠耳朵聽，而是靠身體主要是頭部把回聲信號接收下來，直接送入大腦，而且構成了一種立體的三維圖象，把海底地形及周圍的狀況清清楚楚地顯示出來，並且存放到記憶裡，這是人類無論如何也做不到的。」

「不一定吧？」我提出了異議，「隨著科學技術的飛速發展，也許將來有一天，人們可以根據鯨魚的原理，設計出某種裝置戴在頭上，即使閉上眼睛，塞上耳朵，也照樣能清楚地看到和聽到周圍的一切，該多麼好啊！那將是仿生學的又一大功績。」

「恐怕很難。」湯姆聳了聳肩膀，不以為然地說，「因為科學技術無非是人類能力的延伸，而且總是在人類的智力之下設計和製造出來的，因此它的發展總會有一定的限度，即不大可能太多地超出人類的智力和能力。例如，人類的頭腦就像是一部計算機，但是，人類設計出來的計算機即使再複雜，再先進，也沒有辦法跟一個哪怕是最簡單的頭腦相比擬。所以，巡航導彈也好，紅外線探測器也好，在人類自己看來當然是非常先進的，但若與生物的類似功能相比較，卻就相形見絀，真是有天壤之別。例如，不用說高級動物，就連蚊子的紅外線探測能力也比人類設計出來的任何紅外線探測儀都要高明得多。」

「既然鯨類具有如此非凡的生存能力，為什麼牠們還會誤入歧途，或者叫做『集體自殺』呢？」我不服氣地反問道。

「噢，那就是另外一回事了。」他順手拿過一個盛有標本的玻璃瓶子，有一塊不大的鯨魚腦子泡在福馬林裡。「這是從一個齒鯨的腦子裡取出來的，裡面有一些很小的磁性晶體。這似乎有力地表明，除了聲納系統之外，和其他許多動物一樣，鯨魚很可能也可以接收地球磁場的信息，並根據磁力線的方向及磁場強度的變化來導航。而這樣的導航系統就可以最大限度地排除天氣的干擾，無論是白天還是黑夜，也不管晴天或者陰天，都不會受到多大影響。然而，同樣地，有其利必有其弊，因為地球磁場並不是非常均勻的，由於地質構造，例如大的鐵礦，或者其他原因，往往能導致地球磁場在某些局部地區發生扭曲，或者叫異常，結果就會使鯨類接收到某種錯誤的信息，因而往往就會成群結隊，一次又一次地向某些特定的海岸衝擊，造成了一種集體自殺的假象，無論人們做出多大的努力去拯救牠們都無濟於事，實在是一種悲劇。」

「不過，有人認為那是由於海水汙染的結果，鯨魚們是以集體自殺來表示抗議。」

「當然，那也是一種可能的解釋。」湯姆會意地笑了，「要知道，大自然的奧祕是無窮無盡的，就拿鯨魚來說吧，人們對牠們的瞭解還非常膚淺，只不過是皮毛而已。例如，鯨魚在行進的過程中總是不斷地發出某種聲響，就像是在邊走邊唱。而大部分鬚鯨發出的聲音低頻成分很豐富，且複雜多變，即使人的耳朵聽起來也非常悅耳，似乎是一首首聽不懂的歌曲。那麼，牠們到底唱了些什麼呢？又是為了什麼呢？卻無人知曉。在水裡，鯨魚的歌聲常常可以傳到幾百公里以外，特別是白鯨，其歌聲更是悠揚動聽，被捕鯨者譽為『海洋歌手』之美稱。但是，牠們的歌聲僅僅是為了傳達信息呢？還是為了談戀愛？或者還有什麼其他目的，卻沒有人能搞得清楚。還有，鯨魚是一種智力發達，非常聰明的動物，雖然遭到人類不斷地野蠻屠殺，但牠們對人類似乎總是有一種明顯的親近感。然而，人們對鯨魚的社會生活卻瞭解甚少，這是因為，鯨魚是一種全球性到處流浪的動物，而要研究牠們，最好的辦法就是追隨著牠們，到牠們中間去，這不僅需要龐大的經費，而且還需要有足夠勇敢的人員來實施，就現在的情況來看，幾乎是不可能的。到目前為止，人們瞭解得最多的是抹香鯨，這是齒鯨中最大的一種，長可達十五米，重可達三十噸。其妊娠期也是最長的，需要十六個月，而其他鯨魚，包括最大的鬚鯨在內，妊娠期一般只有十到十二個月。據觀察，抹香鯨的群體就像是一個伊斯蘭國王的後宮，通常是由十到十五頭成熟的母鯨和牠們的子女組成，母鯨一般在十歲左右成熟。這個群體是由一頭身強力壯通常也是個頭最大的雄鯨，即國王保護和控制著。而這位國王對牠的後宮總是嚴加看管，所有王子，即雄幼鯨，在長成之前早早地就被驅趕出後宮，以免亂倫，只把公主留下自用。被放逐的雄幼鯨便會自動組成一個群體，變成一群快樂的光棍漢，直到十五到二十五歲成熟時為止，便會自動地離開這個群體而成為孤獨的流浪漢。如果牠能強大到足以戰勝老的國王並取而代之，那麼後宮的佳麗就會為牠所有，因而成為一個新的統治者。但是，如果牠無法做到這一點，那麼牠就只好一輩子打光棍了。」

「是嗎？」我驚奇地說，「由此看來，肯定會有相當數量的雄性抹香鯨將是童身終生，而沒有任何機會去和雌性接觸了，這都是一夫多妻制的結果，是極不合理的。」我簡直有點忿忿不平了。

「是的，」湯姆笑了笑說，「看來應該在鯨魚當中推行一夫一妻制的政策，就像我們人類一樣。」說完，我們兩個都忍不住哈哈大笑起來。笑了一陣，他又補充說，「不過，鯨魚自有其道理，因為只有這樣才有可能將群體中身體最強壯，體格最魁梧者的基因儘量多地傳遞下去，這就是自由競爭，強者生存的法則。所以，不能把人類的道德觀念強加給動物，而在牠們之中實行什麼一律平等，那將是違背自然規律的。當然，反過來，也不能把動物的那一套生搬硬套地在人類社會中加以推廣，搞什麼社會仿生學，例如讓那些體格魁梧，風度翩翩的美貌男子妻妾成群，而那些個子矮小，其貌不揚者只能靠邊站，打一輩子光棍，則非天下大亂不可。」說完，我們大笑不止。

第一次出海

汽艇在洋面上掠過，像一隻翱翔的鳥，海岸向身後飛去，很快就隱沒在海水裡。船底在水下耕耘，像一把尖尖的犁，兩側翻起了飛濺的浪花，身後留下了長長的痕跡。艇上共有四人，哈瑞(Harry)，一個長得結結實實的愛斯基摩小伙子，穩坐在船頭，手中緊握獵槍，隨時準備射擊；查理(Charles)，哈瑞的哥哥，是舵手，坐在駕駛室裡，掌握著前進的方向；鮑勃(Bob)，一個退休的海洋生物學家，是到北極來繼續他的研究的；和我，在爭取了很久之後，終於找到一個出獵機會，能到北冰洋上一睹其誘人的風采，領略一下那特有的氣勢。

船在顛簸之中向大洋深處飛奔而去。風雖不大，但波濤洶湧。那浪潮卻並不像在岸邊看到的那樣，排成整齊的隊伍，前仆後繼地向陸上沖擊，而是各自為戰，跳躍著，形成一個個水的丘陵和低谷，且在永無休止的變幻著，移動著，交替著彼此的位置，顯示出無窮的力量，充滿著永恆的活力。被船頭劈開的大氣，激怒了似的，形成兩股強勁的風，包抄過來，向船艙合圍，猛撲。我雖然早有準備，穿上了連體的防水服，密不透風，卻也感到了陣陣寒意。而沒有任何遮蓋的臉，則成了狂風報復的目標，被吹得火辣辣的，刀割似的疼痛。在這種情況下，交談是很困難的，所以大家只好靜靜地坐著，八隻眼睛都在海面上緊張地搜索，希望能有所收穫。而對舵手來說，更重要的是要看清海上和埋伏在水下的浮冰，這是最致命的東西，一旦撞上去，就會造成船毀人亡的悲劇。若在其他大洋上航行，萬一掉下水去，還可以游個泳，至少也可以掙扎一陣子。但是，北冰洋卻沒有這般溫柔，因為這裡的水溫往往都在零度以下，寒氣逼人，冰冷刺骨，一旦落水，用不了幾分鐘就會全身麻木，失去知覺，生還的希望是很少的。因此，在北冰洋上航行真可以說是如履薄冰，危機四伏，必須加倍小心，高度警惕，是一時一刻也大意不得的。

忽然，在不遠處的海面上，露出了一個黑亮的圓球，那是一個海豹腦袋，喘著粗氣，機警地向四周張望著。接著又是一隻，相距也不過只有幾米。然而，當哈瑞急忙站起身來，端起槍剛要瞄準時，兩個圓球卻幾乎同時沈了下去。「沒有關係，」哈瑞回過頭來安慰似地說，「牠們很快還會上來的。」於是，船速慢了下來，在原地打著圈子。但是，等了好久也不見動靜，大概是因為，牠們覺得事情不妙，早已從水下溜走了。

太陽漸漸升高，光線投到跳動的海面上，又被反射回來，閃亮的一片，像漂浮的明珠，永遠與船體保持著一定的距離。趁船速減慢之際，我趕緊與鮑勃交談了幾句，問他都研究些什麼。他說他一直在研究沈箱病，或叫潛水病(the bends)，即當潛水員潛入海底時往往會突然休克甚至死亡，而海豹和海象之類雖然下潛的深度比人要大得多，上浮的速度也很快，但牠們卻能安然無恙，不知為什麼，問題是出在心臟還是出在血液，一直未能搞清楚。

在那一帶轉了一陣之後，看來沒有什麼希望了，查理便掉轉船頭，加快了速度，向巴羅角以北的海域駛去。據說那一帶經常有海豹出沒。但是，令人失望的是，我們轉來轉去，除了看到大群的海鳥和野鴨子之外，卻連海豹的影子也沒有見到。正在茫然之際，我忽然瞥見了一個黑點在海面上一閃，很快又鑽到水裡去了，於是喊道：「海豹！在那邊。」鮑勃似乎也看到了什麼，同意地點了點頭。但是哈瑞卻不以為然，只是淡淡地搖了搖頭說：「不，那是一隻野鴨子。」我覺得哈瑞有點太武斷了，他似乎並沒有向那個方向張望，怎麼知道是野鴨子呢？再說，野鴨子還能有這麼長時間的潛水能力嗎？一面想著，眼睛仍然緊緊盯著那一片水域，希望有個海豹腦袋露出來，以便證明哈瑞的錯誤。過了好大一陣，有一個東西真的從水裡冒了出來，我剛想喊叫，但仔細一看，原來果然是一隻野鴨子，不禁啞然失笑，在贊嘆北極野鴨子的高超技藝之餘，也更加佩服愛斯基摩人尖銳的眼力。

時間一個小時一個小時地過去了，我們仍然一無所獲，對於一個好獵手來說，空手而歸顯然是一件令人難堪的事，所以哈瑞和查理都不甘心，他們堅持要到更遠的海域去碰碰運氣，因為那裡冰山很多，海豹可以上來曬太陽和休息。

越往北走，浮冰越多，大大小小，千姿百態，奇形怪狀，目不暇接。有的潔白，像一團新雪；有的淡藍，像一塊碧玉；有的拔海而起，直指藍天；有的潛入水下，時隱時露。大自然鬼斧神工，雕刻了如此多的藝術珍品，擺放在這神話般的世界裡，玲瓏剔透，光燦奪目。我們左衝右突，行進在白雪皚皚的冰山夾谷之間。一會兒山窮水盡，眼看就要撞上峭壁，卻又船頭一轉，衝入了一片開闊的水域；一會兒浮冰擋道，眼看就要船毀人亡，卻又豁然開朗，駛進了一個嶄新的天地。我一面欣賞著這奇麗的景色，一面卻又擔心著自己的前途。因為有好幾次冰山都是擦身而過，稍有不慎，就有可能被撞得粉身碎骨。但查理卻緊握船舵，胸有成竹，仍然把船開得飛快，似乎那些林立的冰山根本就不存在似的。

老天不負有心人，當我們轉了半天，剛剛從一個冰山夾道衝出時，在不遠的海面上終於又露出了一個海豹腦袋。這是我先看到的，但當指給哈瑞看時，那腦袋又照例沈了下去。查理馬上關上馬達，周圍頓時安靜下來。哈瑞站起身來，端槍準備射擊。一會兒，那黑亮而光滑的圓球果然又浮出了水面，且像一個孩子似的，兩隻閃亮的眼睛好奇地往這邊張望著。說時遲，那時快，就在這船動，人動，水動，海豹也在動的一剎那，一聲槍響，海豹的腦袋便開了花，腦漿迸流，鮮血染紅了周圍的海水。哈瑞順手抄起魚叉，用力一擲，扎個正著，沒等那屍體下沈，便被拖了過來。而這差不多只是幾分鐘之內的事，使我看得目瞪口呆，連攝影機還沒有來得及取出，那可憐的海豹就已經躺在了船艙裡。這是一隻小海豹，身長只有一米左右，短短的絨毛，圓圓的身軀。鮑勃熟練地開了膛，將那顆尚未完全停止跳動的心臟取出，裝進了一個早已準備好的塑料袋裡。他們三個都喜形於色，雖然只是一頭小海豹，但也沒有白跑，總算有所收穫。然而，不知為什麼，我卻心有所動，似乎有一種負疚的感覺，覺得那海豹其實就是死在我手裡。

時候不早了，哈瑞命令返航。我卻不知道南北東西，早已失去了方向，抬頭向四周觀瞧，到處都是茫茫的大海，哪裡是回家之路呢？查理似乎看透了我的心思，故意問道：「位先生，你知道現在應該往哪裡走嗎？」我困惑地搖搖頭，心想：你真是哪壺不開提哪壺。他得意地笑了，然後開足馬力，在浪尖上飛奔，沒過多久，便遠遠地望見了海岸的影子。

在巴羅角的海灘上，躺著一具巨大的雄海象的屍體，但腦袋不見了，早已被誰割走，大約是為了取其象牙的緣故，只有身子留在岸邊，已經開始腐爛變質，成了一樁無頭案。不少人對此提出了批評，覺得這實在有礙於環境，但卻無人採取措施，來解決這一小小的難題。我們決定將牠拖到海裡去，於是把船開到水邊，哈瑞、鮑勃和我都跳上岸來。剛一靠近，一股臭氣撲鼻而來，熏得我差點昏了過去。但那些愛斯基摩人對此卻毫不在乎，路過的人們也齊來幫忙，他們七手八腳地套上一根尼龍繩，連拖加拽，費盡九牛二虎之力，好不容易才將那個足有上千斤重的大傢伙終於翻到了海水裡，然後開足馬達，一直拖到深水區。就這樣，這頭生長在海洋裡的大海象，終於重新又回到了海洋裡，總算是落葉歸根，有了葬身之地。

當我們回到碼頭時，太陽已經平西。一群孩子圍過來，伸長脖子向船艙裡探望，然後都失望地縮回腦袋，低聲評論著：「唉，只打到一頭小海豹。」那神氣頗有點輕蔑之意。

第一次出海就這樣結束了，被凍得臉也麻木，腿也麻木。當我重新踏上那堅實的土地，再回頭眺望那動盪的大海時，卻驀地生出了一種敬畏之意。是的，北冰洋的雄姿確實給我留下了極其深刻的印象，然而，那無頭的海象和血淋淋的海豹的影子卻也深深地留在我的記憶裡。

星斗的回憶

就我個人來說，這次北極之行還有一項神聖的使命，深深埋藏在心底裡，就是要從北極仰望一下北斗七星和北極星，看看到底會是個什麼樣子。但到巴羅之後，先是太陽不落，與在南極時的遭遇差不多，後來雖然有了黑夜，也很短暫，而且常常是陰雲密布，風雪瀰漫，晴天的時候並不多見。再加上整天忙碌，疲憊不堪，晚上一躺下去，很快便進入夢鄉，總也未能找到一個合適的機會來實現這一兒時的夢想。

在離開北京之前，我特意買了一個鬧鐘帶在身邊，以備萬一需要早起時，可以掌握時間。但到了巴羅才發現，這個鬧鐘原來是個神經病，需要它響時它一聲不吭，不需要它時它卻會突然大叫起來，把人嚇個半死。這天黑夜，我睡得正香，突然鈴聲大作，恍惚之間還以為是來了電話，迷迷糊糊伸手去接，卻把那只正在發神經的鬧鐘碰到了地上，「嘩啦」一聲，粉身碎骨，鈴聲也便戛然而止。這時我才清醒過來，愣愣地看著地上的零件，摔得七零八落，慘不忍睹，不禁又覺得十分惋惜。看看手錶，正是淩晨四點，往外一望，只見萬里無雲，星斗滿天，正是仰望太虛的大好時機。於是趕緊穿上衣服，奔到屋外，抬頭張望，找了半天，終於看到了七星北斗和那閃閃發亮的北極星，雖然布局並沒有什麼明顯的改變，但那位置卻幾乎移到了頭頂之上，只有仰面朝天才能看見，真可以說是吉星高照了。我站在那裡，佇立良久，忽有所悟，感慨萬千，歷歷往事湧上心頭。回屋之後，無法入睡，輾轉反側，陷入了一系列沈重的回憶。

兒時最大的樂趣是數天上的星星，大概因為，那時既無電影，更無電視，所以只有對著天幕出神的緣故。每逢晴朗的夏夜，星星愈來愈密，便依偎在祖母的身邊，聽她講解天上的事。那三角鼎立的三顆星是織女和她的兩個丫環，而那一字排開的三顆星則是牛郎挑著他的兩個孩子，中間那兩條白色的條帶就是天河，把他們遠遠的分開，每年只能見面一次，那就是七七相會。在那一天你是看不到喜鵲的，因為牠們都去幫著這對不幸的夫婦搭橋去了。說到這裡，祖母總是嘆口氣說：「唉，天上和地上一樣，老百姓的日子過得都不容易。」

然而，第一次教我識別北斗星和北極星的卻是父親，而第一次使我認識到這些星辰之特別重要的卻是父親的一次極不尋常的遭遇。

在我很小的時候，有一天，大約是春初，父親早早地起來去趕集，但卻一去不復返，失蹤了。後來傳來消息說，他被土匪綁了票，要拿許多許多錢去贖，否則就沒命了。到底要多少錢我當時並不清楚，但聽大人們說，就是把房子、地和所有的東西都賣掉，也湊不齊此數。真是禍從天降，就像是晴天霹靂，一下子炸了窩。到哪裡去弄這麼多錢呢？叫天天不應，叫地地不靈，一家老小完全陷入了絕望之中。我是家中最小的一個，雖然懵懵懂懂，不大懂事，但大人的眼淚卻在我幼小的心靈上罩上了一層厚厚的陰影，使我第一次嘗到了人間的辛酸和悲苦。

當然，無論如何也得把父親救出來，這是母親所能做出的唯一抉擇，留得青山在，不怕沒柴燒麼。然而，正當人們焦急萬分，走投無路之際，父親卻突然回來了。那自天而降的驚喜同樣給全家乃至全村帶來了極大的震動。

原來，父親被抓走之後，和另外一個人一起關在一間房子裡。土匪們則在外面值班，輪流監視。開始看得很嚴，後來大約看到他們並無逃跑的跡象，逐漸放鬆了警惕。這天夜裡，幾個土匪在外間聚賭，吆三喝四，全神貫注。父親見逃跑的時機已經成熟，便對土匪們央求說：「諸位老總，我們凍得受不了，能否給一點柴火烤一烤？」土匪們並不答話，只是扔給了他一捆高粱秸。他把房門一關，便在屋裡生起火來，利用噼哩啪啦的聲音作掩護，父親便和那人一起拆起房頂來，不多一會兒便扒出了一個大窟窿。父親讓那人踏著自己的肩膀先爬出去，並且約好，上去之後再拉他一把。誰知那傢伙爬出去之後便溜之大吉，扔下父親一個人毫無辦法，最後只好脫掉棉衣，縱身一跳，奮力鑽出，就勢一滾，跳到地上，在黑暗中拼命奔跑，顧不得分辨南北東西，因為他知道，土匪們很快就要追出來的。果不其然，不多一會兒便聽到一陣大亂。「跑了！跑了！」土匪們在大聲吼叫著，「出來吧！我們看見你了！」他們咋唬著，噼哩啪啦放起槍來，子彈打著呼哨，從父親的頭頂上飛過。父親靜靜地躺在地上，屏住呼吸。土匪們咋唬了一陣之後，見沒有動靜，只好收兵而去。又過了一會兒，看來危險確實已經過去，父親這才站起身來，然而，茫茫黑夜，伸手不見五指，往哪裡去呢？但是，如果不能在天亮之前逃離土匪控制的地區，就很可能會被他們再抓回去，到那時，恐怕生命也難保了。正在為難之際，他忽然想到了北極星，於是便在夜空中四處尋找。首先看到的是七星北斗，彎彎的，像一把勺子。然後順藤摸瓜，終於確定出了北極星的位置，於是心情豁然開朗，便沿著北極星指示的方向猛跑，終於逃離虎口，安全回到家裡。

那天晚上，父親指著北方的星空告訴我說：「看見了吧，一二三四五六七，那就是北斗星。而與勺子頂上的兩顆星成一直線，距離大約等於這兩顆星之間距離的五倍的那顆星就是北極星。北斗星繞著北極星轉，北極星是永遠不動的。但是，如果沒有北斗星，那就很難找到北極星，因為它沒有什麼特別的標誌，只是密密麻麻的星群中的一顆而已。然而，如果沒有北極星，在茫茫的黑夜就很難確定方向。」說到這裡，父親語重心長地叮囑我：「孩子，記住這八顆星星吧，在緊要的關頭是非常有用的。」

那時候，每逢過年，家家戶戶都要迎財神，雖然迎來迎去，窮的照樣窮，富的照樣富，但這份虔誠之心卻是絕不可少的。迎神的時刻當然是在五更分二年的時候，因為沒有鐘，只能靠各自的估計，所以有的財神來得早，鞭炮早早就響起來了，大約是想早點把財神迎來，以便早點歇息。有的財神則來得遲，快天亮時才突然響起一陣鞭炮，大約是因為，那家的主人睡著了的緣故。迎神的方向是由黃曆指定的，有時朝東，有時朝西，每年有所不同。但是，自從那次劫難之後，父親每年迎神的方向總是朝北，他認為，清貧尚可以忍受，一家人能平平安安是最最重要的。

然而，人們的命運是很難預料的，在那兵荒馬亂的年代就更是如此。過了不到兩年，父親又失蹤了。不過，這次他是應徵去抬擔架，支援前線，但同樣也是一去之後，杳無消息。幾個月過去了，麥子由低到高，由綠變黃，卻仍然不知道父親在哪裡。母親帶領一家老小，起早貪晚地搶收小麥，雖然大家都不說，卻都在為父親的安全而擔憂，每個人的心頭都像是壓著一塊石頭似的。由於勞累和著急，全家得了一種奇怪的病，就是白天走在路上，或幹著活，眼皮會忽然掉下來，再也睜不上去，只有用手扒著，才能看到東西。那時最盼望的就是父親的歸來。每到夜晚，我總是望著北方的星斗出神，並且默默地企盼著，也許父親正在沿著星斗指示的方向，走在回家的路上吧。

也許是精誠所至吧，終於夢想成真。有一天晚上，我正睡得迷迷糊糊，有人突然推了我一把，睜眼看時，果真是父親站在那裡，笑嘻嘻的，嘴裡叼著他那形影不離的旱煙袋。這次他不僅死裡逃生，而且還帶回了一支步槍和其他一些戰利品。我很想聽聽他這次的經歷，相信他一定能講出一串更加動人的故事，但是父親卻搖搖頭，淡淡地說：「兵荒馬亂的日子也許就快過去了，真希望能過上幾天安安穩穩的日子。」直到後來，父親才告訴我說，他確曾在槍林彈雨中穿行，經受過生與死的洗禮，也確曾在戰火紛飛中救護過傷員，親眼看到了血肉橫飛，屍體遍野的場面，那情景是相當可怕的。每逢黑夜，當跟著隊伍摸黑前進時，他總是隨時觀望著北斗的位置，因為他知道，只要不迷失方向，就總能找到回家的路。

星轉斗移，日月如梭，類似的經歷終於輪到了我自己。

轉眼到了一九五八年，暑假之後，正準備讀初三，卻突然開始了大煉鋼鐵。因為建造小土窯需要用磚，我們幾個人便被派去挖掘墳墓。開始尚有選擇的餘地，儘量先扒那些老一些的，因為其屍體早已腐爛，只剩一堆白骨。到了後來，老墳都已扒完，只好去掘新的，有的剛剛腐爛了一半，有的身影還依稀可辨。有一天深夜，當我正在埋頭清理磚塊時，其他幾個傢伙卻都悄悄地溜走了，等我發現，為時已晚，他們早已逃得無影無蹤，只把我一個人扔在那片被挖得七零八落的墳地裡，還有一盞煤油燈，半死不活地閃爍著，鬼火似的。我只覺得腦袋一陣發麻，像要炸開。心跳猛然加劇，咚咚咚咚，似乎聽到了無數自遠而近的腳步聲。這時我覺得大事不妙，感到極度的恐懼。想趕快地逃離現場，但慌亂之中卻早已迷失了方向，連滾帶爬地掙扎了半天，還是未能離開那片墳地。天陰著，一個星星也沒有。一陣旋風刮來，小燈熄滅，僅有的一點光亮也消失了，完全被濃重的黑暗所吞沒。我雖然大汗淋漓，但卻覺得周身寒徹，拼命地掙扎著，一腳高一腳低，跌跌撞撞，似乎翻越了千丘萬壑，卻總也走不出那片墳地。最後，當我氣喘噓噓，覺得已經筋疲力竭，眼看就要倒下去的時候，雲層卻漸漸裂開了縫隙。這時，我鎮靜下來，仔細觀瞧，終於看到了那彎彎的北斗和閃爍的北極星，這才恍然大悟，原來自己是在原地兜圈子。一旦明確了方向，就像是絕路逢生，獲得了一股新的力量和勇氣，我得救了，不顧一切地衝出了那片墳地。

幾十年過去了，往事仍然歷歷在目。雖然，時過境遷，自己已經年過半百；世事變幻，經歷了多少風風雨雨。但宇宙永恆，北斗星和北極星卻仍然高懸在那裡，看不出任何差異。記不清曾有多少次，在黑夜茫茫中仰望過七星北斗，但卻未曾料到，有一天還能來到這北極星的故鄉，追憶那少年時代多彩的夢幻和成年之後彎曲的足跡。想到這裡，感慨繫之，湊成一首曰：

兩極紀行

南極風雪北極冰，
獨來獨往皆從容。
十月春色抵島國❶，
八月雪飛到巴城❷。
羅斯海❸上看企鵝，
巴羅角❹濱尋白熊。
渴飲南山❺冰川水，
饑餐北海❻巨頭鯨。
人生能有幾回搏，
轉眼兩鬢霜已濃。
慨然抬頭望北斗，
天旋地轉仍匆匆。

❶島國在這裡是指紐西蘭，一九八二年我從美國取道紐西蘭去南極考察，那時的紐西蘭正是滿園春色。

❷巴城即巴羅，位於北緯七十一度十七分，一九九一年八月我在這裡進行北極考察，雖是盛夏，卻經常雪花紛飛。

❸羅斯海是南極兩大海灣之一，一九八二年我在這一帶進行了近兩個月的野外考察，最南到達南緯八十度的地方，看見過許多企鵝。

❹巴羅角位於巴羅城以北，約北緯七十一度二十三分，是美國領土的最北端，呈長條狀，伸入北冰洋十幾公里，這裡經常有北極熊出沒。

❺南山指南極褚山脈。南極是一塊大陸，有許多高大的山脈，巨大的冰川沿著山谷由內陸向沿海流動，因是許多萬年之前凍結而成，水質很好，沒有汙染，喝起來甘甜，是極好的飲用水。

❻北海指北冰洋。北極是一片大洋，世世代代居住在北冰洋沿岸的愛斯基摩人以捕獲巨頭鯨為其主要的食物來源，形成了獨特的愛斯基摩文化。我在這裡生吃過愛斯基摩朋友送給我的鯨肉。

一個愛斯基摩老人的自述

幾次一起跑過野外之後，我和哈瑞已經成了好朋友。有一天，歸來的途中，他順便帶我去見了他的父親。

哈瑞的父親也叫哈瑞，即 Harry Brower，父子之所以取同一個名字，大約是為了表示親密的緣故，但卻給我的敘述造成了很大困難。為了解決這一難題，以下我稱他老哈瑞，以示區別。

老哈瑞已經七十多歲了，看上去比較瘦小。但是，人不可貌相，他年輕時卻曾經是遠近聞名的打獵能手和捕鯨隊長。他說，有一年冬天，在幾個月之內他就捕到了三千多隻狐狸，光狐狸皮就堆了滿滿一屋子。至於他一生中到底捕到過多少頭鯨魚，現在已經記不清楚了。當我贊揚他的業績時，他搖了搖頭，笑笑說：「好漢不提當年勇，那都是許多年以前的事了。」一說起捕鯨，話題便滔滔不絕。他拿出當年用過的魚叉(Harpoon)，讓兒子表演給我看。

那實際上是一根又粗又長的木棍，頭上有一個鐵矛，像根巨大的標槍似的。所不同的是，鐵矛上還有個倒勾，上面拴著一根長長的繩子，待插到鯨魚身上以後，只要用力一拉，倒勾張開，鯨魚便很難掙脫了。我問他，捕鯨是否相當危險。他點點頭說：「是的。不過，總的來說，鯨魚雖然很大，但卻是一種相當溫順的動物，一旦叉上以後，只要拽住繩子，跟著牠跑就是了，待其力氣用完之後，就會慢慢死去。只有一次，我們剛剛叉住了一頭母鯨，另外一頭雄鯨突然橫著衝了過來，把小船撞了個底朝天，有個人當場就淹死了。」

老哈瑞的父親是Charles D. Brower，是來到巴羅的第一個白人，娶了愛斯基摩妻子，並在這裡居住下來。後來寫了一本暢銷書，叫做《零下五十年》，在美國很有些名氣。老哈瑞不僅繼承了他父親的基因，例如鼻子略高，膚色比純種的愛斯基摩人也要白一些。而且還從他父親那裡學到了許多手藝，例如用鯨鬚製作小船，作為工藝品出售。他造的這種玩藝有大有小，大的要賣一百美元，最小的也要二十五美元。我狠了狠心，花了七十五美元，買了一個中等的，以為留念。

在他家的倉庫裡，堆放著許多鯨鬚，長的有三米多，短的也有一米左右，這不僅取決於鯨魚的大小，而且也取決於鯨鬚在口中的位置。每頭鯨魚的口中長著六百到八百根整齊排列著的鯨鬚，像一道密密的籬笆似的，中間最長，向兩邊依次短下去。一張口，連水加魚都進到嘴裡。而一閉嘴，水被排出去了，魚則被網子似的鯨鬚擋住，然後吞到肚子裡。

按照愛斯基摩人的習慣，捕到鯨魚之後，鯨鬚歸隊長所有。所以，鯨鬚的多少也是一個人捕鯨業績的標誌。原先，鯨鬚是很貴重的，西方的捕鯨船隊湧到北極，一是為了鯨油，二則是為了鯨鬚。我問他，這種東西除了製作工藝品之外，到底還有些什麼用處。他指著牆上的一張照片說：「你知道，在古代，女人們穿的裙子都要用東西從裡面支撐起來，像個大筐。那麼，什麼東西是最好的支撐物呢？鐵絲太沉，行動起來不方便，而且容易叮噹作響，而木條易折，不僅粗笨，而且難看。只有鯨鬚最理想，不僅輕而美觀，而且韌性極佳，無論怎樣坐踩都不會折斷。所以那時鯨鬚的用量很大，我父親活著的時候，這是一筆很大的買賣。現在不行了，女人穿裙子不再需要支撐物，而且愈來愈短，所以鯨鬚也就不像以前那麼值錢了。」

我從那堆鯨鬚當中挑了一根中等長度的，問他這樣一根要多少錢。他拿過去看了看說：「按理說這要二十五美元，但我們已經是朋友了，這根就送給你作紀念吧。」說完，他在上面小心翼翼地刻上了自己的名字和日期，然後鄭重其事地交到我手裡。看著面前這位和善的老人，一種親切之感油然而生，我接過鯨鬚，便和他緊緊地擁抱在一起。

顯然，老人也有些動情了，他把我拉到沙發上坐下，便滔滔不絕地講起了他過去許多非常有趣的經歷。

一、熊緣

你知道，我們愛斯基摩人和北極熊之間有著不解之緣。當然，人們總是覺得牠們非常可怕，就像是不共戴天的敵人似的。但是，在我看來，北極熊不僅並不像人們想像得那麼可怕，而且牠們似乎還是很通人性的。當然，和人一樣，牠們之中也有好有壞，有的比較凶惡，有的則很溫順，有的很容易相處，有的則很難接近。所以，人們都說，我跟北極熊之間似乎有一種特殊的緣份。

兒時的寵物

「人們都喜歡馴養自己的寵物，如狗貓之類，小孩子就更是如此。我小的時候就曾經養過兩個極其寶貴的寵物，為天下所少有，那就是一對非常可愛的北極熊。

我從小就喜歡打獵，每次看到出獵的隊伍威風凜凜，自己總是羨慕不已，所以天天盼著長大，以便能和別人一樣，加入到大人打獵的隊伍。好不容易挨到了九歲，覺得自己已經是個大人了，這次爸爸出獵肯定也會帶上我的。然而，令我大失所望的是，到出發時，哥哥們都跟著爸爸到浮冰上去了，而又偏偏把我扔在家裡，還讓我去幹那些沒完沒了的雜活，一會兒劈木頭，一會兒又要到爸爸的倉庫裡去搬東西，你說倒霉不倒霉，氣得肚子鼓鼓的。

儘管如此，到了傍晚，我還是心急火燎地盼著他們快回來，想看看他們到底打到了些什麼。這一時刻終於到了，遠遠就聽到了自家狗隊的狂吠，勞累了一天的狗因為很快就要回到家裡吃到食物而激動不已。當牠們的聲音愈來愈近時，我趕緊鑽進倉庫，把門關上，假裝著忙碌起來而無暇他顧。當哥哥們衝進倉庫，讓我出去看看他們打到的北極熊時，我也只是低著頭幹活，假裝對此並不感興趣。當然，最後我還是忍不住地出去看了一眼，淡淡地評論說：『嗯，是個不錯的北極熊。』便又回到倉庫，繼續幹活去了。

我兩個哥哥臉上帶著神祕的微笑，一聲不吭地跟著我進了倉庫，然後在他們的上衣裡面掏呀掏呀，忽然掏出了兩個還不到一尺長的小熊崽子，渾身毛絨絨，暖烘烘，一下子遞到我的手裡。『這是你的了，留作紀念吧，這是我們送給你的禮物。』

『哇！』我高興得蹦了起來，激動得眼淚都快流下來了，一遍又一遍地向他們道謝之後，便衝出倉庫，跑回家去，告訴了父親這一好消息。

其實，父親早就知道了，他並沒有像我那樣激動，而是在考慮一些實際問題。因為，如果把這兩個小東西當寵物來養，則必須餵牠們牛奶，直到牠們長大為止。而在巴羅，供應船每年只來一次，那要運多少牛奶呢？但是，看著我那種激動的樣子，又不忍心讓我失望，終於答應了我的要求，同意我將這兩個小熊養起來。

幸運的是，我爸爸擁有鎮上唯一的商店，所以開始的時候我幾乎把所有的牛奶都留了下來，給那兩個小熊吃了。但到後來，牠們從三四磅很快地長大到三十多磅，吃得也愈來愈多，父親就有些受不了啦。這時，我悄悄地教牠們吃肉，牠們很快也就習慣了。這樣，飼養的費用就大大地降低，因為我的哥哥們隨時可以出去打獵。

自那以後，我便跟這兩頭北極熊朝夕相處，形影不離。我們吃在一起，睡在一起，玩在一起，打獵和捕魚都在一起。無論我走到哪裡，牠們都緊緊地跟著，不肯離開半步。開始時，鎮上的人們覺得這兩頭小熊很好玩，還敢湊到跟前來看一看，摸一摸。後來，牠們很快長大了，人們則愈來愈小心，見我們三個來了，便都躲得遠遠的。我於是感到非常得意，覺得自己是巴羅最厲害的人物，誰也不敢來碰我一下，就包括家裡的人，對我也要另眼相看，特別小心，連手也不敢舉一舉。所以，我也就自由自在，無憂無慮，常常是面帶微笑，洋洋得意，吹著口哨，在鎮上走來走去，成了一個特殊人物。

就像別人訓練自己的狗一樣，等牠們稍為大點之後，我便開始訓練牠們，教牠們坐下，起來，打滾，翻筋頭，幫我拉雪橇，或者給我揀東西。有時，我把一根棍子扔得遠遠的，牠們便跑過去，用嘴叼回來，放在我的腳邊。人們看了都覺得特別可笑，因為那時牠們的體重已經長到二百多磅了，而我的體重卻只有九十磅。這樣兩個龐然大物卻對我這樣一個小孩子俯首貼耳，唯命是從，你說有趣不有趣？我還常常和牠們摔跤，有時我把牠們摔倒在地，有時牠們則把我摔倒在地。當然，我對牠們也是關懷備至，特別是在牠們還小的時候，我絕不讓牠們受到任何傷害。令我特別高興的是，牠們長大以後，對我也表現出同樣的關懷，似乎是有意回報似的。不過，後來我逐漸發現，似乎和人一樣，那頭母熊也比較容易耍小性子，牠的脾氣似乎不像那頭公熊那樣坦蕩。當牠伸長脖，舔著嘴唇，呼哧呼哧喘粗氣時，你就得格外小心，最好離牠遠一點。甚至連那頭比牠大的公熊這時也得讓牠三分，不敢輕易去靠近牠。

有時候，我也帶著牠們去打獵，在草地或冰蓋上走很遠的路。每逢這時，牠們總是一邊一個，不離左右，無論是走路還是休息，都是如此。而且總是用警惕的目光注視著周圍的動靜，隨時對我嚴加保護。當我們住下時，牠們總是有一個面對著風向而臥，這大概是因為，北極熊在捕獵時，為了不使獵物嗅到自己的氣味，所以總是沿頂風的方向靠近獵物。因此牠們似乎也明白，危險往往容易來自頂風的方向這一道理。另一隻則沿相反的方向，注視著周圍的一切。在野外，一有機會我就教牠們去打獵。牠們學得很快，沒有多久，吃的東西基本上靠牠們自己就可以解決了。最可笑的是，當這兩個龐然大物在草地上追逐小小的旅鼠時，牠們東跑西踮，左衝右突，用兩隻前掌在地上按來按去，那樣子特別滑稽。」說到這裡，老哈瑞大笑不止，似乎又回到了童年似的。

這時，我突然想起一個笑話來，便也笑著說：「你知道，在中國有這樣一個故事，是說有個人在睡午覺時便叫他訓練好的一頭狗熊坐在旁邊哄蒼蠅。起先，那狗熊幹得很不錯，但後來遇到了一隻特別討厭的蒼蠅，怎麼也哄不走，哄一哄牠飛一飛，但轉了一圈之後又落回到主人的鼻子上。這樣地重複了幾次之後，狗熊火了，舉起前掌照準主人的鼻子用力地拍了下去，只聽啪的一聲，蒼蠅飛了，主人的鼻子卻凹了進去，不知道你有沒有遇到這樣的事情。」

老哈瑞聽了以後，哈哈大笑了起來，然後搖搖頭說：「不！沒有。我那兩頭北極熊卻是非常聰明而且聽話的。實際上，我從牠們身上還學到了不少東西呢。例如，我發現，當陽光照射到雪地上時，牠們便把眼睛閉起來，而靠嗅覺走路，這樣就不會得雪盲症了。還有，當牠們在雪地上捕獵時，不但懂得如何利用本身的保護色，而且還會利用地形地物來把自己最大限度地隱藏起來，如此等等。這些知識對我後來的狩獵活動是大有幫助的。

三年以後，母熊的體重長到了三百五十磅。而那頭公熊則重達五百多磅。這時候，人們再也不敢近前了，只要我們在街上一出現，人們則都關門閉戶，躲得遠遠的。因此，許多人都向我父親抱怨說，他們的生命受到了威脅，甚至嚇得不敢出門了。於是，父親便覺得，是該把牠們弄走了。但是，把牠們弄到哪裡去呢？父親清楚地知道，牠們是不可能在野外獨立地生存下去的，而且也沒有辦法把牠們和我分開。也不可能把牠們殺掉，他知道這對我意味著什麼，但是，有一點是肯定的，就是牠們必須離開巴羅。最後，他終於決定將牠們賣給舊金山動物園，並且安排好第二年供應船來時就把牠們帶走。

當父親把他的決定告訴我時，我的心都快碎了，眼淚簌簌地流了下來。但是，父親耐心地解釋說，要麼把牠們賣到動物園，在那裡牠們可以得到很好的照顧，要麼把牠們殺掉，其他的辦法是沒有的。最後，我也只好同意了，只能讓牠們走，這是最好的選擇。

那年夏天，我整天整天地陪著牠們，一想到就要和牠們永遠分離了，眼淚就忍不住地流了下來。所以，我不願意想到這件事，甚至我希望那條船根本就不要來。

八月很快就到了。有一天，那艘討厭的供應船到底出現在海面上，我知道，我們分離的時刻到了。當他們把東西卸完之後，父親便讓我把兩頭北極熊帶到吊車上去。誰知，一見我們來了，那些水手和船員們都嚇得四散奔逃，誰也不敢再回到甲板上去。

後來，船長叫我去開了一個會，詳細討論之後，制訂了一套方案：我同意幫助把兩頭狗熊送到船上去。於是，我先上了吊車，然後招呼牠們也上去。牠們自然很聽我的話，見我上去了，也便跟著走了上去。這時，水手則把我們三個吊了起來，運到了船上。但牠們似乎覺得不大對勁，所以拒絕登船。船長只好叫我先上船，牠們見我上去了，也便小心謹慎地跟了上去。這下子可把那些船員們嚇壞了，紛紛逃命，找地方躲藏起來，把門關得緊緊的。折騰了這一陣子之後，兩頭北極熊大約也看出了一點苗頭，所以氣哼哼的，隨時準備發脾氣。

下一步則是要我把牠們帶到一個鐵籠子裡去。計劃是這樣的：我先從前門進去，等牠們兩個跟進去之後，我再從後門溜出來，然後兩個門同時關閉。在這種情況下，我也開始感到有些害怕了，因為牠們本來就已經生氣了，而且從小長大，從來也沒有被關在這樣一個小籠子裡，萬一出了意外，牠們知道是我要出賣了牠們，從而把怒氣都發洩到我身上，那該怎麼辦呢？然而，為了牠們的將來，為了能使牠們活下去，即使硬著頭皮也必須這樣做下去。於是，我先帶著牠們在甲板上轉了一圈，讓牠們熟悉一下環境，儘量地放鬆一些，然後則慢慢地向鐵籠子走去。進到籠子以後，我想儘量與牠們拉開一點距離，誰知那頭公熊大概感到事情不妙，便把牠的鼻子緊緊地頂在我的脊梁上。這下子我更緊張了，因為這樣子沒有辦法關門，弄不好牠只要往前一拱，我就會來個嘴啃地。所以，我想讓那個水手等一等，讓我重新再來一次。誰知道，那個心急的傢伙一看母熊邁進了籠子，便咔喳一聲把前門關上了。母熊發覺上當，被激怒了，大吼一聲，向鐵門撲去。這時我想，完了，一切都完了，公熊肯定會把我咬住，拖到籠子裡去的。汗水唰地從脊背上流了下來，濕透了衣服。急忙回頭一看，那頭公熊顧不上我，卻回過頭去，幫著牠妹妹正在向那扇鐵門攻擊。我便匆忙地跳了出來，鐵門在身後砰地關上了。

當牠們忽然發現我站到了籠子外面的時候，突然不約而同地停止了剛才那種瘋狂地攻擊，站在那裡，四隻眼睛靜靜地盯著我，這時我突然領悟到，牠們剛才的瘋狂行為大約是以為我也被關在了籠子裡，因而想拼命地為我開出一條生路。然而，不幸的是，現在的情況卻恰恰相反，我自由了，牠們卻被關了進去。因而，牠們那迷惑的目光似乎正在不解地問我：『你為什麼要騙我們？你不是我們的朋友嗎？』我的眼淚奪眶而出。

那年我才十二歲，卻經歷了一次生死離別般的痛苦。」

無言的朋友

「是的，北極熊不會說話，但牠們卻似乎能聽懂我說的話，這也是我與牠們的特殊緣份之一。

當我年輕的時候，我曾是巴羅歷史上最好的獵手之一。但是，我在打獵時有個原則，就是打到我所需為止，從來不貪得無厭，濫捕濫殺。而且，對正懷崽的動物，或者正在餵養幼子的母獸我也從不捕殺。另外，在捕獵中，如果我發現某個地區動物明顯減少，我也會立刻停止捕殺，而去尋找新的獵場。雖然有些人對此不以為然，但是我想，對於一個好的獵手來說，這些原則都是應該嚴格遵守的。

在後來的實踐中，我很快發現，在我身上似乎有一種特殊的信息或心靈感應之類，使得有些北極熊見了我之後會顯出特別的友好和溫順。對這樣的北極熊我也是從來不加捕殺的，既然人家把你當朋友，你怎麼還會忍心去傷害牠們呢？當然，有一些北極熊也不管這一套，特別是一些大的公熊，見了我以後照樣會張牙舞爪地撲過來，這時我也就不客氣了，把牠們打回家來，剝牠們的皮，吃牠們的肉。

你知道，在捕鯨的季節，必須到浮冰上去，在鯨魚容易游過的水道旁邊，選擇便於隱藏的地方，支起帳篷，建起基地，一天二十四小時都要有人值班，以等待鯨魚的到來。這時候必須保持絕對的安靜，因為任何聲音都會把鯨魚嚇跑。

在這個季節，北極熊也很喜歡沿水道兩邊的冰層邊緣尋找食物，捕捉海象和海豹。有時候，帳篷裡散發出來的食物的香味很容易就把牠們吸引過來，從而使得雙方的生命都處在危險之中，不是你殺了牠，就是牠吃掉你。

有一年，我率領自己的捕鯨隊在浮冰上安營紮寨，已經等了好幾天也不見有鯨魚的影子。

要知道，冰上的生活是很艱苦的，不僅寒冷，孤獨，而且無所事事。這一天，好不容易地終於等來了一條鯨魚，正從遠處慢慢地游了過來。大家興奮極了，各自趕緊做好準備，抄起傢伙。然而，就在這個關鍵時刻，有一頭很大的北極熊也從對面不緊不慢地走了過來。人們是又氣又急又怕，眼看牠一步一步地靠近了，有人沈不住氣了，端起槍來準備射擊。但是，只要槍一響，鯨魚肯定就會溜之大吉，幾天的辛苦等於白費。在這種情況下，我只好向他們擺擺手說：『別急，把槍放下，讓我過去跟牠談談試試。』於是，我便鑽出帳篷，迎面走了過去。那北極熊見我過來了，便也停住了腳步，慢慢地蹲了下來，像是在等著我似的。我緩緩地走上前去，細聲細氣地跟牠說：『我們正在捕鯨，你來了會打擾我們的，你能走開一下嗎？』牠看著我，並且歪著腦袋，似乎是在聚精會神地聽我說。然後，低頭沈思了一會，便站了起來，轉過身去，沿著原路返回去了。

回到帳篷以後，隊員們都驚呆了，紛紛圍了上來，問我都跟北極熊說了些什麼。這件事情傳開之後，引起了極大的轟動，人們都說我有跟北極熊進行對話的能力。那麼，我到底有沒有這樣的能力呢？在後來的多次實驗中一再證明，我確實具有這樣的能力。因為在我打獵的過程中經常會遇到北極熊，在大多數情況下，我都能跟牠們談話，而且牠們似乎也都樂於聽我的談話，無論談多久牠們都會聚精會神地聽下去，等我說完之後，我們就來個友好地分手，各走各的，互不干擾。你知道，帶著小熊的母熊是最危險最可怕的，因為牠們警惕性很高，隨時都準備著保護自己的孩子。但有時候，這些熊媽媽不僅可以跟我友好相處，而且還可以允許我跟牠們的孩子玩一陣子。在別人看來，這簡直是不可思議，但對我來說，卻是千真萬確的事實。

當然，有些人對我的能力表示懷疑，這是完全可以理解的。因為在他們看來，北極熊只不過是吃人的野獸，是絕無可能通什麼人性的。但是，我認為，動物也有動物的感情，應該受到尊重。實際上，人和動物之間是完全可以建立起一種全新的關係來的。

後來，我結婚了，有了九個孩子，組成了一個大家庭。那時，我在美國海軍北極考察實驗室當木工，掙錢糊口。而在業餘時間，仍然喜歡出去打獵。有一天，當我正在布設陷阱的時候，突然發現雪地上有一個洞。我知道，這肯定是個北極熊的窩，熊媽媽可能正在裡面生小熊呢。這時，我又想起了小時候餵養過的那兩頭北極熊，現在也不知道牠們在哪裡。想到這裡，受好奇心所驅使，便從洞口鑽了進去，一面問道：『誰在裡面？我能進來看看嗎？我不會傷害你們的。』一面說著，一面跪在地上，慢慢地爬了進去。果然，裡面有一個年輕的熊媽媽，剛剛生了兩個小崽子，還沒有毛，正依偎在牠的身邊吃奶呢。那熊媽媽似乎很友好，並沒有任何敵意的表示，於是我便大著膽子，慢慢地湊了過去。那母熊小心翼翼地看著我的一舉一動，漸漸地也便習慣了，似乎牠深為自己的孩子而驕傲，巴不得能向人展示一下似的。為了表示誠意，我給了牠一些隨身帶的食物，然後我把那兩個小熊輕輕地托在手裡，看了又看，親了又親。就這樣，我們建立起了真誠的友誼。

自那以後，每次打獵路過的時候，我總要停下來去看看牠們，並且給牠們送一些食物。有時候，熊媽媽不在，我便和小熊一起玩一陣，等到牠回來之後再告辭。後來，小熊漸漸長大了，毛也長全了，我便把牠們帶到洞外的雪地上跟牠們玩。這時，熊媽媽也就跟著出來，坐在旁邊看著我們，直到牠覺得時間差不多了，便會把小熊輕輕地叼起來，重新送回到洞裡去。

小熊長得很快，眼看著就大起來了，等牠們長到一定的個頭之後，我便決定把我的兒子帶去，介紹給牠們，讓他們認識認識。到下次出去打獵時，我便帶上了小哈瑞，並且告訴他說，我有個東西讓他看，一定會使他大吃一驚的。一開始他不知道是什麼東西，等到了洞口，我讓他把雪橇停下來時，他才恍然大悟，便求告說：『爸爸，別讓我進去吧。』這時，我鼓勵他說：『孩子，絕對沒有問題，你只管去吧，牠們是很友好的。』小哈瑞半信半疑地望了望我，極不情願地鑽了進去。幾分鐘之後，他出來了，手裡抱著兩頭小熊，而那位熊媽媽則在後面緊緊地跟著他。」

一直坐在旁邊，聽父親談話的小哈瑞這時突然插了進來，作證似地說：「是的，那時我特別緊張，因為那是我平生第一次和小北極熊玩，而牠們的媽媽，那頭大母熊就蹲在旁邊看著我。漸漸地，我也就習慣了，逗著那兩個小熊在雪地上跑來跑去，玩得非常開心。」

「時間很快就過去了，」老哈瑞繼續說，「熊媽媽覺得牠的孩子玩的時間已經夠長的了，便朝他們走過來。小哈瑞一看嚇壞了，以為那頭大母熊是要來吃他的，所以拔腿就跑，趕快藏到我身後。但是，那母熊連看也沒有看他一眼，悄悄地帶上自己的孩子，徑直地回到窩裡去了。小哈瑞跳上雪橇，催促我趕快離開。在回家的路上，他告訴我說，他覺得那兩個小熊實在好玩極了，相比之下，其他事情都沒有什麼意思了。

有一天，在工作的時候，我偶爾跟海軍北極考察實驗室的頭頭談起了這三頭北極熊的事，他睜大了吃驚的眼睛，一面聽一面搖著頭說：『這是不可能的，這簡直不可思議。』當我堅持說，這是千真萬確的事實時，他則要求我帶他去看看。你知道，我雖然非常尊重他，因為他確實是個好人，而且是個很有名望的科學家，但我還是不願意這麼做。要知道，對我來說，那窩北極熊已經不僅僅是動物，而是很好的朋友，正如一個家庭。所以，我不想幹任何可能給牠們帶來干擾甚至傷害的事。那位頭頭見我拒絕了，非常著急，一再發誓說，他將只是遠遠地看一看，絕對不幹任何有可能傷害它們的事。看了他那認真而又急迫的樣子，我也就只好同意了。

我們坐上飛機，在離那個熊窩不遠的地方著了陸，連駕駛員一共三個人一起，悄悄地步行過去。走到一定的距離之後，足以看得清清楚楚的時候，他們兩個則停住了，遠遠地站在那裡。我一個人走向洞口，彎腰進去，熊媽媽正在陪著兩個幼崽打瞌睡呢，見我來了，便抬起頭來，兩個小熊也站了起來，像是滿心高興的跟我打招呼。當我抱著兩頭小熊從洞口鑽出來時，遠處的那兩個人才深深地鬆了一口氣。雖然進去了只有幾分鐘，他們卻覺得似乎過了幾年似的，擔心我是不是給那窩狗熊當了午餐。當我在母熊的監護下，和那兩頭小熊在周圍的雪地上盡情玩耍的時候，他們兩個看得目瞪口呆，簡直不敢相信自己的眼睛。

在回家的路上，那位科學家仍然半信半疑，他一面瞭望著飛機下面茫茫無邊的雪原，一面自言自語地說：『太奇妙了，簡直不可思議。從科學的觀點來看，人是絕對不可能跟野生的北極熊待在一起的，更不用說建立起如此友好，如此相互信任的親密關係了，尤其是那些正帶著小熊的母親，就更是如此。然而，親愛的哈瑞，你卻輕而易舉地做到了這一點，真像是在做夢似的。』

儘管我費盡口舌，努力地給他解釋說，北極熊和人一樣，也是有感情的，而日也有好有壞。對於那些好的北極熊，如果你尊重牠們，並好好地對待牠們，牠們也絕不會傷害你的。

他還是直搖腦袋，難以接受眼前的事實。

最後，那位知名的科學家像是略有所悟似的，當我們走下飛機時，他拍拍我的肩頭說：『哈瑞，親愛的，你的理論也許百分之百是正確的，但世界上只有一個人能夠實踐它，那就是你自己。』

說實話，聽到這裡，我也有點迷惑不解，倒不是懷疑這些事實的本身，因為我知道，面前的這位白髮蒼蒼的老人是絕不會編出瞎話來騙人的，況且還有他的兒子可以作證。而是在內心暗暗地問著為什麼。難道人和動物之間真有心靈的感應可以溝通嗎？難道即使是那些最凶猛的動物也有可能和人類建立起某種相互信任的關係嗎？難道老哈瑞僅僅是因為小的時候曾經餵養過兩頭小熊，才與北極熊之間有著如此特殊的緣份嗎？如果真是這樣的話，那麼他的名聲又是怎樣在北極熊之間傳播開來的呢？如果不是，那麼是否意味著，任何人都有可能跟北極熊，當然正如老哈瑞所說的那樣，是指那些好北極熊，建立起某種特殊的關係或緣份呢？也許，正如那位科學家所說的，這種可能是有的，只不過非常遺憾的是，除了坐在我面前的這位老人之外，沒有人敢於去冒險一試。這也難怪，因為，在人類歷史上，至少是到目前為止，像老哈瑞這樣的經歷是獨一無二的。然而，正如前面所說的那樣，被北極熊吃掉的卻大有人在，所以談熊色變。人的生命只有一次，有誰願意甘冒風險，把自己送給北極熊去當點心呢？

二、鯨趣

嗜殺鯨，或叫虎鯨，英文名字是Killer Whale，聽起來就有點可怖。於是，小說家們則據此大作文章，把牠們描寫成一些嗜殺成性的魔鬼，專幹吃人的勾當。然而，科學家們的看法卻截然不同，他們認為：嗜殺鯨不僅有著漂亮的外表，牠們身上黑白相間的美麗花紋是其他鯨類所無法比擬的，而且還是一種非常聰明的動物，牠們常能集體捕獵，互相配合，其智商之高跟海豚差不多。至於殺人，卻從來沒有聽說過。我想，之所以會有如此相反的結論，這正如北極熊一樣，很可能是由於人類與牠們接觸太少，所以瞭解不夠的緣故。

那麼，嗜殺鯨到底是一種什麼樣的動物呢？我們還是來聽聽老哈瑞的親身經歷吧。

第一次相遇

我父親是在紐約出生的，雖然在巴羅安家落戶，卻仍然崇尚內地的教育。按照他的意願，我到內地去完成了自己的學業。回到阿拉斯加以後，覺得一身輕鬆，似乎完成了一件大事。有一天，我駕上一葉小舟，獨自一人來到一個叫做黑灣(Black Enlet)的地方去捕魚。當我剛剛釣上一條小鮭魚時，忽然看到船後有一條我從來也沒有見到過的大鮭魚，簡直可以說是鮭魚王，從水中一躍而出，飛也似的，我正在感嘆怎麼會有這麼大的鮭魚，突然又從水中跳出了一條巨大的鯨魚來，正好跟在鮭魚的後面，一張口，便在空中將那條鮭魚吞到了肚子裡。這不過是在幾秒鐘之內所發生的事。當那頭鯨魚落下來時，隨著一聲巨響，濺起了高高的水花，激起了翻騰的漣漪，連我那小船也被沖得激烈地搖晃起來，幾乎快要翻過來似的。在這之前，雖然我也曾在華盛頓州和俄勒岡州的海域裡釣過魚，但離得如此之近看到一條活生生的嗜殺鯨卻是有生以來的第一次。當時可把我嚇壞了，因為在那之前，無論是從報紙上，還是從書籍中，我所知道的有關嗜殺鯨的全部知識是，牠們是大海中貪得無厭的食人者。因此我想，完了，這下完了，我肯定成了這條嗜殺鯨的晚餐了。唯一的生路只有逃走，盡快離開這一危險的水域。於是我一躍而起，把捕到的鮭魚扔進船艙，便急急惶惶地去啟動馬達。我努力控制住自己慌亂的情緒，一面盯住那條正在周圍游來游去的嗜殺鯨，一面則伸手去拉發動馬達的繩子。可是，糟糕的是，儘管我手忙腳亂地試了一次又一次，但那可惡的馬達卻怎麼也點不著火。這時，我的心跳得更加激烈，汗水順著脊背和面頰直往下流，因為我看到遠處有好幾條嗜殺鯨巨大的黑色背鰭從水中伸了出來，像幾把直立的大斧，徑直朝我的小船劈了過來。很明顯，用不著牠們張口，只要用那可怕的背鰭，就足以把我的小船擊穿，我便就會像那條鮭魚一樣落到牠們的肚子裡。所以，我發了瘋似地一遍又一遍地去拽那根啟動馬達的繩子，以便盡快逃走。然而，那個該死的馬達卻像在故意與我作對似的，無論如何也發動不起來。

當我剛看到那些衝我而來的背鰭時，牠們距我大約有一百多英尺。但是，當牠們越游越近時，那背鰭也就愈來愈大，愈來愈高，伸出水面幾乎有六英尺，也就是兩米。很快的，在清澈的水面以下，我清楚地看到了牠們那黑白相間的巨大身軀。儘管那時我嚇得要死，但當牠們敏捷地向我游過來的時候，我仍然禁不住贊嘆起牠們的漂亮和有力，那直立的背鰭正如一把把斬風破浪的利劍，似乎是沒有任何力量可以阻擋的利器。值得慶幸的是，那些利劍卻沒有照準我的船腰直劈過來，而是在不遠處來了一個急轉彎，繞道而行，在我的小船周圍轉來轉去。看到這種情況，我才漸漸鎮定下來，心想，如果牠們不是來吃我，而僅僅是被我發出的聲音所吸引的話，那麼我最好不要盲目行動，以免引起牠們的注意。然而，我很快就發現，這種一廂情願的想法是沒有用的，因為當那頭最大的嗜殺鯨靠近船幫的時候，我看見牠把巨大的身軀慢慢地倒向一邊，在那清清的水下，牠那隻圓睜的眼睛徐徐地移動著，緊緊地盯著我，正在瞄準似的，可把我嚇壞了，於是急中生智，決定裝死。我強迫自己一動不動，保持僵直，以便使牠覺得我也許只是一塊木頭。但心卻砰砰直跳，仍然在想，完了，毫無疑問，牠已經把我瞄準了，之所以還沒有動口，也許正在考慮我是不是值得一吃。於是靈機一動，趁牠游過船頭之後，看不見我的當兒，我慢慢地蹲了下去，悄悄地躺到了船底，平平的，越低越好，因為我希望，嗜殺鯨看不見我了，也許很快就會把我忘掉，而游到別處去。這時，我仍然能看到牠那高高隆起的背鰭緊貼著船幫轉來轉去，還不時地把船碰得搖晃起來，似乎正在尋找，「嘿，那傢伙一下子藏到哪裡去了？」我被嚇得魂飛魄散，連大氣也不敢出。

那條嗜殺鯨足有我小船的兩倍那麼長，看來，牠已經看好，也許正在做著進餐前的運動，以便使肚子更空一些，然後再衝過來，輕而易舉地把小船弄翻，趁我在水裡掙扎時，再從容不迫地把我吞下去。我絕望地躺在那裡等死，內心卻仍然在翻騰著，難道我就這樣等待著牠們把我吃掉嗎？作為男子漢大丈夫，這豈不是一件非常丟臉的事？但是，轉念又一想，不如此我還能做點什麼呢？

突然，在強烈的自尊心的驅使下，我對自己的懦弱感到憤怒，難道我就這樣無所作為地等在這裡，一點都不能反抗嗎？想到這裡，一股力量驟然升起，於是決定，如果那頭可惡的鯨魚想把我當晚餐，那麼我將讓牠先嘗嘗我的厲害。我悄悄地將兩個五加侖的汽油桶擰開了蓋子，從襯衣前襬上撕下兩塊布條子，分別塞進桶裡，這樣，兩個燃燒彈就做成了。這便成了我和嗜殺鯨作戰的有力武器。

然而，雖然做好了充分的準備，但我還是小心翼翼地躺在船底，儘量避開嗜殺鯨的注意。因為我想，只要有辦法能安全地逃出去，還是應該避免動武，與牠們同歸於盡又有什麼意義呢？就這樣，我又耐心地等了十幾分鐘，外面變得靜悄悄地，再也沒有看到鯨鰭的影子晃來晃去。我便大著膽子抬起頭來，慢慢支起身子，跪在船底，想看看那個傢伙到底在幹些什麼。就像小孩捉迷藏一樣，我把眼睛慢慢地升過船幫，屏著呼吸往外望去，只見周圍的水域早已恢復了平靜，而在幾百英尺以外，一群嗜殺鯨伸出高大的背鰭作為旗幟，互相追逐著，正向大海的深處游去。

直到牠們完全消失以後，我才活動活動身子站了起來，但還不敢輕易動作，生怕一有聲音再把牠們召回來。又等了一會兒，確信牠們不會再殺個回馬槍了，這才深深地吸了一口氣，感謝上帝的保祐，到底活了下來。伸手抓起馬達上的繩子，只一拉，機器便開始轟鳴起來。氣得我狠狠地踢了一腳，罵道：「破玩藝，早幹什麼去了。」趕緊掛上擋，船就像飛似的竄了出去，踏上了回家的路。但卻仍然驚魂未定，心想，在向別人學會怎樣防備這些吃人的傢伙之前，我絕不再一個人出海捕魚。

在托馬斯灣(Thoms Basin)我遇到了老朋友萬雷(Wally)，他正在自己的船上忙碌著。打過招呼之後，我便迫不及待地將自己剛才如何死裡逃生的危險經歷告訴了他。沒有想到，他聽了之後哈哈大笑，前仰後合，差點從船上摔出去。過了好大一陣，他才捂著肚子，面紅耳赤，上氣不接下氣地說：「只聽說嗜殺鯨有時候會幫助人們把魚群驅趕到海邊，卻從來也沒聽說過牠們還會向人進攻的。」

儘管我知道萬雷經歷豐富，知識淵博，很少出錯，但我還是紅著臉爭辯說：「我看過許多文章，都說嗜殺鯨是海洋裡的食人者。例如在南極，就曾經發生過這樣的事情，有幾頭嗜殺鯨齊心合力地想把一塊浮冰弄翻，因為上面有一個人和兩條狗，如果落到水裡，肯定會被牠們吃掉的，幸好那個人反應快，才牽上兩條狗跳到岸上逃脫了。」

後來，萬雷也給我帶來一大堆文章讓我讀，而所有這些文章都表明，至少到目前為止，還沒有發現任何一頭嗜殺鯨主動向人進攻的記錄。特別有趣的是，在《國家地理雜誌》中的一篇文章表明，在南極試圖掀翻浮冰的是一群凶惡的豹海豹，而不是嗜殺鯨。

看完了這些文章之後，我不得不承認，自己躺在船底躲避嗜殺鯨的舉動，以及用汽油桶製造燃燒彈的行為，實在是有點荒唐可笑的。首先，我把嗜殺鯨想像得過於可怕了。其次，製造燃燒彈必須要用能夠爆炸的東西才有殺傷力，而我卻用了兩個塑料桶，豈不滑稽？直到現在想起來，還覺得有點臉紅，那時真有點書呆子氣。

但是，直到現在，我對那頭嗜殺鯨的動機仍然迷惑不解，搞不清楚，牠們圍著我的船轉來轉去，是想表示友好嗎？還僅僅是因為好奇？如果在南極想把人掀進水裡飽餐一頓的那幾個傢伙確實不是嗜殺鯨，而是豹海豹的話，那麼，關於嗜殺鯨吃人的傳聞就更站不住腳。在許多公園裡，人們訓練嗜殺鯨表演各種節目，都能配合默契，相處得很好，從來也沒有發生嗜殺鯨傷人的事。因此可以相信，嗜殺鯨確實是一種無害的動物。但是，在巴羅發生的另外一件事卻又使我陷入了矛盾，對上述想法產生了懷疑。

嗜殺鯨的報復

有一年冬天，有兩個年輕人（請原諒，我不便說出他們的名字，因為他們現在就住在巴羅，仍然活得好好的），正在巴羅以西的浮冰上走著，他們是想出去打海豹。這兩個年輕人都是好獵手，所以滿懷信心，只要一出門，就不會空手而歸的。他們非常輕鬆地說說笑笑，打打鬧鬧，穿過了海邊的浮冰，來到大洋深處的一片無冰的海域，以尋找爬到冰蓋上來休息的海豹。然而，轉了半天卻連海豹的影子也沒有見到，只看到兩條嗜殺鯨在水裡游來游去。也許，正是由於這兩條嗜殺鯨的存在，才把海豹都嚇跑了吧。於是，他們就有點遷怒於這兩條嗜殺鯨，看著牠們自由自在，游來游去的樣子，頓生惡念，決定用嗜殺鯨來檢驗一下他們的槍法。於是端起槍，分別瞄準了兩條嗜殺鯨，數著一二三，便同時開了槍，只聽轟隆一聲，周圍的空氣都為之振盪，那兩條嗜殺鯨立刻沈了下去，消失在茫茫的冰水裡。他們高興極了，彈冠相慶，互致祝賀，以為他們一槍就能打死一條嗜殺鯨，真是了不起。而且，鯨魚被除掉了，就可以輕而易舉的找到海豹了。於是扛起槍，摟肩搭背，沿浮冰的邊緣迤邐前行，去尋找他們新的獵取目標。

正當他們得意忘形、飄飄然的時候，走著走著，突然面前的冰層隆起了一個小山，接著是一聲巨響，爆炸開來，就像是火山爆發似的。巨大的冰塊飛上了天空，然後又落了下來，重重地砸在他們的身邊。就在他們驚魂未定之際，有兩條嗜殺鯨的腦袋從冰裂處鑽了出來，狠狠地盯著他們，很快又沈了下去。很明顯，牠們是想置這兩個年輕人於死地，只不過是位置沒有量準而已。因此，肯定還會來第二次，第三次的。果不其然，當兩個年輕人驚慌失措，撒腿就跑，剛剛離開時，身後的浮冰又被捅出了一個大窟窿。看到這種可怕的情景，他們更是膽戰心驚，跑得更快了。而那兩條嗜殺鯨也緊追不捨，把他們身後的浮冰弄得接二連三地爆炸開來。直到靠近海岸之後，因為浮冰堆積得很厚，雖然嗜殺鯨從下面頂得紛紛裂開，嘎嘎作響，但卻無法頂破，這才挽救了兩個人的生命。儘管如此，他們還是不敢有絲毫的放鬆，而是繼續猛跑，上岸之後，離開很遠，才敢停下來稍事休息。

幾天以後，這兩個年輕人的家裡都斷了炊，沒有肉吃了，他們只好再出去打獵。而且以為，那兩條嗜殺鯨肯定早就離開了，所以也就毫無顧忌。然而，當他們來到那片經常有海豹出沒的無冰水域的邊緣時，卻望到遠處仍然有兩條嗜殺鯨在游來游去。他們立刻緊張起來，睜大眼睛盯著那兩條鯨魚的動靜。與此同時，卻也懷著一絲僥倖心理，因為那兩條鯨魚對在冰上尋找海豹的其他獵人並沒有任何敵意，所以斷定這肯定是新來的，絕不可能是他們那天碰到的那兩條。當然，他們還是倍加小心，一面尋找海豹，一面隨時注意著嗜殺鯨的活動。但是，當他們終於在遠處的冰面上看到了一群正在睡覺的海豹時，卻忘記了就在附近游來游去的那兩條鯨魚。他們彎下腰，匍伏前進，端起槍，悄悄地瞄準，一二三！同時開火，結果，有四頭海豹躺在了血泊之中，其他的便都鑽下水去，逃之夭夭。

然而，正當他們興高采烈地準備收拾獵物時，那兩頭嗜殺鯨卻從槍聲中把他們識別了出來，緊緊地盯住了目標，迅速地游了過來，立刻發起了進攻。這次牠們改變了戰術，不再試圖從底下把冰層頂開，而是從水中竄了出來，飛入空中，然後用其沈重的軀體砸到兩個獵手所站立的浮冰的邊緣。結果，在牠們沈重的打擊之下，浮冰激烈地跳動起來，正如發生了地震似的，將年輕人高高地拋入空中，差點就掉進水裡。可把他們嚇壞了，扔下剛剛打到的海豹拔腿就跑。而那兩條嗜殺鯨則在後面緊追不捨，一次次地從水中躍起，張著大口向他們撲去，狠不得一口把他們吞下去。那兩個年輕人在拼命地掙扎著，雖然一次又一次地逃脫了，但有好幾次卻幾乎掉進水裡。就這樣，他們跌跌撞撞，連滾帶爬，筋疲力竭，累得上氣不接下氣，卻仍然擺脫不了嗜殺鯨的追擊。

後來，他們好不容易爬上了一個由於潮汐的積壓而堆積起來的冰山，剛想喘口氣，兩條嗜殺鯨卻騰空而起，跳了上來，只聽嘩啦一聲，冰山的大部分一下子變成了碎塊，垮進水裡。幸好已經靠近海邊，水比較淺，冰山的一部分已經觸到了海底，所以沒有被粉碎，他們才得以站住了腳跟。然而，他們驚魂未定之際，有一條嗜殺鯨再一次衝了上來，張開大口，差一點沒有把他們吃進去。趁嗜殺鯨滑進水裡的時候，他們趕緊爬上山頂，鑽進了一堆碎冰裡。這樣，兩頭嗜殺鯨就看不到他們了，但卻仍然在周圍轉游，一直轉了一個多小時，實在找不到了，才慢慢地離去。鯨魚離開之後，兩個嚇得半死的年輕人深深地鑽進冰堆裡仍然不敢出來，又等了好大一陣子，看看確實沒有問題了，才戰戰兢兢地伸出了腦袋，總算躲過了一劫。但在那整個的冬天裡，他們兩個再也不敢到冰上去打獵了，只好躲在家裡，依靠別人的施捨過日子。要知道，對於一個好獵手來說，伸手乞討，這是難以忍受的奇恥大辱。

然而，事情並沒有結束。好不容易挨到了夏天，靠近海岸的浮冰都漸漸融化了，他們再也待不下去了。經過向別人多次打聽，反複核實，肯定那兩條嗜殺鯨確實已經離開之後，他們終於駕著小船出發了。開始，他們非常小心，密切注視著周圍的動靜，而且不敢深入太遠，只是在岸邊轉來轉去。幾個小時過去了，根本就沒有見到鯨魚的影子，他們的膽子才漸漸地大了起來，一步步地向海洋深處開去。

那天天氣很好，陽光普照，風和日麗。在遠處的一塊浮冰上，他們望見有幾隻海豹正躺在上面曬太陽，便悄悄地繞到背後，輕輕地向前划去。誰知道，就在他們端起槍來準備射擊的時候，突然，在不遠的海面上，出現了兩個嗜殺鯨的背鰭，飛速地向他們游過來。「不好！」他們同時大叫一聲，划起小船就向岸邊逃去。幸運的是，那兩頭嗜殺鯨因為是逆著洋流的方向前進，所以速度稍微慢了一點。他們兩個拼命地划呀划呀，就在兩頭嗜殺鯨追上之前，急急忙忙地棄船而逃，剛剛奔上岸去，兩頭嗜殺鯨就衝了過來，還是撲空了。眼睜睜地看著自己的敵人再一次在眼皮底下溜走，牠們恨恨不已，憤怒地把小船咬得粉碎，並把那些碎片驅向深海，才漸漸地離去，消失在遠處的大海裡。兩個年輕人站在高處，深深地倒吸了一口冷氣。如果再慢一步，命運肯定將會和那條小船一樣，落得個死無葬身之地。從那以後，他們再也不敢下海去打獵了，只能在陸地上打些野鴨、馴鹿之類充饑。如果想吃一點鯨肉，海象或海豹之類的肉，則只能依靠別人的施捨。直到今天，他們都已經很老了，但卻仍然不敢出海，看來只能一輩子都要待在陸地上了。

由此看來，嗜殺鯨確實是一種非常聰明的動物，牠們不僅有很強的記憶力和識別能力，而且嫉惡如仇，絕不肯寬恕自己的敵人。然而，如果不是這兩個青年人偶然的惡作劇，又有誰能知道這一點呢？

我們坐在沙發上，面對面地喝著濃茶。我一面靜靜地聽著老哈瑞的講述，一面卻又陷入了重重矛盾之中。這些事情我是見也未見，聞也未聞，而且連想也沒有想到的，到底是不是事實呢？如果不是這位老人的親眼所見和親身經歷，如果不是對這位老人的深深信任和敬意，我很可能會搖搖頭說，這只不過是人們臆想出來的。但是現在，我反反覆覆仔仔細細地打量著面前這位受人尊敬的愛斯基摩老人那飽經風霜的面孔和憨厚誠實的表情，情不自禁地連連點頭說：「是的，是的，這是不容質疑的。」但接著又陷入了困惑，難道動物真有這麼高的智商嗎？難道動物真有這麼複雜的思維嗎？如果真是這樣，那就只能說明，我們人類對於自己估計得過高，而對動物估計得過低了。或者說，我們對於動物實在是太不瞭解了。

三民叢刊書目

㉖作家與作品　謝冰瑩著
㉗冰瑩書信　謝冰瑩著
㉘冰瑩遊記　謝冰瑩著
㉙冰瑩憶往　謝冰瑩著
㉚冰瑩懷舊　謝冰瑩著
㉛與世界文壇對話　鄭樹森著
㉜捉狂下的興嘆　南方朔著
㉝猶記風吹水上鱗
　·錢穆與現代中國學術　余英時著
㉞形象與言語
　·西方現代藝術評論文集　李明明著
㉟紅學論集　潘重規著
㊱憂鬱與狂熱　孫瑋芒著
㊲黃昏過客　沙　究著
㊳帶詩蹺課去　徐望雲著
㊴走出銅像國　龔鵬程著
㊵伴我半世紀的那把琴　鄧昌國著
㊶深層思考與思考深層
　·轉型期國際政治的觀察　劉必榮著
㊷瞬　間　周志文著
㊸兩岸迷宮遊戲　楊　渡著
㊹德國問題與歐洲秩序　彭滂沱著
㊺文學關懷　李瑞騰著
㊻未能忘情　劉紹銘著
㊼發展路上艱難多　孫　震著
㊽胡適叢論　周質平著
㊾水與水神
　·中國的民俗與人文　王孝廉著
㊿由英雄的人到人的泯滅
　·法國當代文學論集　金恆杰著
(51)重商主義的窘境　賴建誠著
(52)中國文化與現代變遷　余英時著
(53)橡溪雜拾　思　果著
(54)統一後的德國　郭恆鈺主編
(55)愛廬談文學　黃永武著
(56)南十字星座　呂大明著
(57)重疊的足跡　韓　秀著
(58)書鄉長短調　黃碧端著
(59)愛情·仇恨·政治
　·漢姆雷特專論及其他　朱立民著

60 蝴蝶球傳奇　顏匯增著
・真實與虛構
61 文化啓示錄　南方朔著
62 日本這個國家　章　陸著
63 在沉寂與鼎沸之間　黃碧端著
64 民主與兩岸動向　余英時著
65 靈魂的按摩　劉紹銘著
66 迎向眾聲　向　陽著
・八〇年代臺灣文化情境觀察
67 蛻變中的臺灣經濟　于宗先著
68 從現代到當代　鄭樹森著
69 嚴肅的遊戲　楊錦郁著
・當代文藝訪談錄
70 甜鹹酸梅　向　明著
71 楓　香　黃國彬著
72 日本深層　齊　濤著
73 美麗的負荷　封德屏著
74 現代文明的隱者　周陽山著
75 煙火與噴泉　白　靈著
76 七十浮跡　項退結著
・生活體驗與思考
77 永恆的彩虹　小　民著
78 情繫一環　梁錫華著
79 遠山一抹　思　果著
80 尋找希望的星空　呂大明著
81 領養一株雲杉　黃文範著
82 浮世情懷　劉安諾著
83 天涯長青　趙淑俠著
84 文學札記　黃國彬著
85 訪草（第一卷）　陳冠學著
86 藍色的斷想　陳冠學著
・孤獨者隨想錄
87 追不回的永恆　彭　歌著
A・B・C全卷
88 紫水晶戒指　小　民著
89 心路的嬉逐　劉延湘著
90 情書外一章　韓　秀著
91 情到深處　簡　宛著
92 父女對話　陳冠學著

93 陳冲前傳　嚴歌苓著
94 面壁笑人類　祖　慰著
95 不老的詩心　夏鐵肩著
96 雲霧之國　合山　究著
97 北京城不是一天造成的　喜　樂著
98 兩城憶往　楊孔鑫著
99 詩情與俠骨　莊　因著
100 文化脈動　張　錯著
101 桑樹下　繆天華著
102 牛頓來訪　石家興著
103 深情回眸　鮑曉暉著
104 新詩補給站　渡　也著
105 鳳凰遊　李元洛著
106 文學人語　高大鵬著
107 養狗政治學　鄭赤琰著
108 烟　塵　姜　穆著
109 河　宴　鍾怡雯著
110 滬上春秋　章念馳著
111 愛廬談心事　黃永武著
112 吹不散的人影　高大鵬著
113 草鞋權貴　嚴歌苓著
114 是我們改變了世界　張　放著
115 夢裡有隻小小船　夏小舟著
116 狂歡與破碎　林幸謙著
117 哲學思考漫步　劉述先著
118 說　涼　水　晶著
119 紅樓鐘聲　王熙元著
120 寒冬聽天方夜譚　保　真著
121 儒林新誌　周質平著
122 流水無歸程　白　樺著
123 偷窺天國　劉紹銘著
124 倒淌河　嚴歌苓著
125 尋覓畫家步履　陳其茂著
126 古典與現實之間　杜正勝著
127 釣魚臺畔過客　彭　歌著
128 古典到現代　張　健著
129 帶鞍的鹿　虹　影著
130 人文之旅　葉海煙著

⑬1 生肖與童年　小　民著　喜　樂圖
⑬2 京都一年　林文月著
⑬3 山水與古典　林文月著
⑬4 冬天黃昏的風笛　呂大明著
⑬5 心靈的花朵　戚宜君著
⑬6 親　戚　韓　秀著
⑬7 清詞選講　葉嘉瑩著
⑬8 迦陵談詞　葉嘉瑩著
⑬9 神　樹　鄭　義著
⑭0 琦君說童年　琦　君著
⑭1 域外知音　張堂錡著
⑭2 遠方的戰爭　鄭寶娟著
⑭3 留著記憶・留著光　陳其茂著
⑭4 滾滾遼河　紀　剛著
⑭5 王禎和的小說世界　高全之著
⑭6 永恆與現在　劉述先著
⑭7 東方・西方　夏小舟著
⑭8 嗚咽海　程明琤著
⑭9 沙發椅的聯想　梅　新著
⑮0 資訊爆炸的落塵　徐佳士著
⑮1 沙漠裡的狼　白　樺著
⑮2 風信子女郎　虹　影著
⑮3 塵沙掠影　馬　遜著
⑮4 飄泊的雲　莊　因著
⑮5 和泉式部日記　林文月譯・圖
⑮6 愛的美麗與哀愁　夏小舟著
⑮7 黑　月　樊小玉著
⑮8 流香溪　季　仲著
⑮9 史記評賞　賴漢屏著
⑯0 文學靈魂的閱讀　張堂錡著
⑯1 抒情時代　鄭寶娟著
⑯2 九十九朵曇花　何修仁著
⑯3 說故事的人　彭　歌著
⑯4 日本原形　齊　濤著
⑯5 從張愛玲到林懷民　高全之著
⑯6 莎士比亞識字不多？　陳冠學著
⑯7 情思・情絲　龔　華著

(204) 人　禍　彭道誠著
(205) 殘　片　董懿娜著
(206) 陽雀王國　白　樺著
(207) 懸崖之約　海　男著
(208) 神交者說　虹　影著
(209) 海天漫筆　莊　因著
(210) 情悟，天地寬　張純瑛著
(211) 誰家有女初養成　嚴歌苓著
(212) 紙　銬　蕭　馬著
(213) 八千里路雲和月　莊　因著
(214) 拒絕與再造　沈　奇著
(215) 冰河的超越　葉維廉著
(216) 庚辰雕龍　簡宗梧著
(217) 莊因詩畫　莊　因著
(218) 換了頭抑或換了身體　張德寧著
(219) 黥首之後　朱　暉著

220
生命風景

張堂錡　著

每個人的故事，如同璀璨的風景，綻放動人的面貌。透過作者富含情感的筆觸，引領出成功背後的奮鬥歷程。文中所提事物，與我們成長經驗如此貼近，讓人油然而生「心有戚戚焉」之感。他們見證歷史，也予我們許多值得省思與仿效的地方。

221
在綠茵與鳥鳴之間

鄭寶娟　著

不論是走訪歐洲歷史遺跡有感，或抒發旅法思鄉情懷，抑或中西文化激盪的心得，作者以其一貫獨特的思考與審美觀，發為數十篇散文，澄清的文字、犀利的文筆中，流露著一種靈秘的詩情與浪漫的氣氛，讓讀者在綠茵與鳥鳴之間享受有深度的文化饗宴。

222
葉上花

董懿娜　著

讀董懿娜的文章，如同接受心靈的浸潤。生活的點滴，藉她纖細敏感的筆尖，便能在心中蕩起圈圈漣漪；娓娓的傾訴，叫人不禁沉入她的世界。在探求至情至性的同時，重新面對自己，循著她的思緒前進，彷彿也走出了現實的惱人，燃起對生命的熱情。

223
與自己共舞

簡　宛　著

「與自己共舞，多麼美好歡暢的感覺！」長年旅居海外的簡宛，以平實真誠的筆調，與讀者分享「接納自己、肯定自我」的喜悅。書中收錄作者多年來與自己共舞的所思所感，包含對婚姻、家庭、自我成長的探討，值得讀者細細品味這分坦率至情的人生智慧。

224

夕陽中的笛音

程明琤 著

我們從本書中可領略程明琤對於生命的思索與感受，對於文化的關懷珍視，她更以廣闊的角度引領讀者去探索藝術家的風範和多彩的人文景致。讀她的文章不只是欣賞她行文遣字的氣蘊靈秀，真正觸動人心的是她對眾生萬相所付注的人文情懷。

225

零度疼痛

邱華棟 著

「我發現我已被物所包圍，周圍一個物的世界，它以嚇人的速度在變化更新，似乎我的生活已經事先被規定、被引導、被制約、被追趕。」作者以魔幻的筆法剖析現代人被生活擠壓變形的心靈。事實上，我們都是不同程度的電話人、時裝人、鐘錶人……。

226

歲月留金

鮑曉暉 著

以滿盈感恩的心，追憶大時代的離合悲歡，及中國這片土地的光輝與無奈；用平實卻動人的文字，記錄生活的精彩，和對生命的熱愛與執著。作者將歲月中的點滴與感動，譜成這數十篇的散文，讀來令人低徊不已，並激盪出對生命的無限省思。

227

如果這是美國

陸以正 著

面對每天新聞報導中沸沸揚揚的各種話題，您的感想是什麼？是事不關己的冷漠？還是無法判斷是非的茫然？不妨聽聽終身奉獻新聞與外交事務的陸以正大使，如何以其寬廣的國際觀點，告訴您「如果這是美國……」

228
請到我的世界來
段瑞冬 著

從七〇年代窮山惡水的貴州生活百態，到瑞典中西文化交流的感觸，最後在學成歸國的喜悅中，驚覺中國物質與思想上的巨大轉變，作者達觀的態度及詼諧的筆調，好像久違的摯友熱情地對我們招手：「請到我的世界來！」

229
6個女人的畫像
莫　非 著

6個女人，不同畫像。在為家庭守了大半輩子門框後，他們要出走找回失落的自己，藉著幻想，藉著閱讀，藉著繪畫等等不同方式，讓心靈有重新割斷再連結的機會。盼能以此書，提供女人一對話的空間。

230
也是感性
李靜平 著

「人世間的很多事，完全在於你從什麼角度來看。」本書作者以幽默的口吻帶您挖掘出生活中的樂趣。不管是親情的交流或友誼的呼喚，即便是些雞毛蒜皮的小事，在她的筆下每個生活週遭的人物全都活絡了起來，為我們合力演出這齣喜劇。

231
與阿波羅對話
韓　秀 著

自遠方來，我在陽光的國度與阿波羅對話。秋日午後的愛琴海波光粼粼，反射生命的絕代風采。這裡是雅典，眾神的故鄉，世人的虛妄不過瞬眼，胸臆間卻永遠有激情在湧動。殿堂雖已頹圮，風起之際，永恆卻在我心中駐紮。

232
懷沙集
止庵 著

「樹欲靜而風不止，子欲養而親不待」作者將對逝去父親的感念輯成本書。其間除了父親晚年兩人對談的點滴外，亦不乏從日常不經意處，挖掘出文學、生活的真諦。作者樸實的文筆，在現代注重藻飾的文壇中像嚼蘿蔔，別有一股自然的餘味。

233
百寶丹
曾焰 著

百寶丹，東方國度的神奇靈藥，它到底有多神妙？身世坎坷的孤雛，如何在逆境中自立，成為濟世名醫？一部結合中國傳統藥理與鄉野傳奇故事的長篇小說，一段充滿中國西南邊疆民族絕代風情的動人篇章。

234
矽谷人生
夏小舟 著

生命流轉，人只能隨波逐流。細心體會、聆聽、審視才能品嘗出人生的況味。從中國到美國，從華盛頓到矽谷，傳統與現代，寧靜與繁華，作者以雋永的文筆，交織出大城市裡小人物不平凡的際遇和生活中發人省思的啟示，引領讀者品味異國人生。

235
夏志清的人文世界
殷志鵬 著

在自己的婚禮上，會說出「下次結婚再到這地來」的，大概只有夏志清吧！這位不在洋人面前低頭的夏教授，以其堅實的學術專業，將現代中國小說推向西方文學的殿堂，他蓄滿對生命的熱情，打了兩次精采的筆仗……快跟著我們一起走入他的人文世界吧！

236

文學的現代記憶

張新穎　著

五〇年代的臺港兩地，在自由風氣的帶動下，中外文學相互影響，激起了一連串美麗的浪花；或許你我置身其中，而無法全然地欣賞到這場美景，亦或未能躬逢這場盛宴，作者以局外人的角度，用精鍊的筆法為文十篇，細數這場文學史的發展。

237

女人笑著扣分數

馬盈君　著

這是一本愛情的「解語書」，告訴您女人為何笑著扣分數。馬盈君，一位溫柔敦厚的作者，以她理性感性兼至的筆觸，探討愛情這一亙古的命題。在芸芸眾生中，為我們解剖女人內心最深處的想法，及男人的愛情語碼，帶領我們找到千古遇合的靈魂伴侶。

238

文學的聲音

孫康宜　著

聲音和文字是人們傳情達意的主要媒介，然而聲音已與時俱逝；動人的詩篇卻擲地有聲，如空谷迴響，經一再的傳唱，激盪於千古之下。本書作者堅持追尋文學的夢想，用心聆聽、捕捉文學的聲音，穿越時空的隔閡與古人旦暮相遇。

239

一個人的城市

黃中俊　著

重慶的山水、上海的學府、北京的藝室、深圳的商海……作者清雅的文字，記載生活脈絡裡的悲喜哀樂，其中又埋藏著時代進步的兩難，讓人耳目一新。在個人的愁緒裡瀰漫著文化變遷的滄桑感，讀這樣的書寫，彷彿能聞到人生跋涉的新泥芳香……

240

詩來詩往

向明 著

逐著詩人的腳步，涵泳沉籍於文學溫厚勃鬱、神氣騰揚的繽紛世界中。軼事掌故精采而韻味無窮；文學批評深刻真摯而不尖削；作品剖析使人縱情浪漫綺想中幾欲漫滅……在古典與現代、東方與西方、批評及作品間交顯的文學，本書讓您一網打盡。

241

過門相呼

黃光男 著

敏感於事物變幻的旅者，洋溢著詩情的才華，細心捕捉歷史上的古拙韻味，透析了社會發展的步履，讓人宛如置身於包羅萬有的博物館裡。如果你厭倦了匆忙的塵囂，請翻開此書，讓典雅的文句浮載你到遠方，懷擁「過門更相呼，有酒斟酌之」的情境。

242

孤島張愛玲

蘇偉貞 著

張愛玲整個的生命就是從一座孤島到另一座孤島的漂流。在上海到美國之間，張愛玲在香港這座孤島的創作，承續了大陸時期最鼎盛的創作力道，是轉型到美國時期的過渡階段。藉由作者鍥而不捨的追索，為您剖析張愛玲這段時期小說的意涵及影響。

243

何其平凡

何凡 著

還記得那段玻璃墊上的日子嗎？在聯合報連續撰寫專欄適三十年，當代臺灣最資深的專欄作家——何凡，以九十五歲的高齡，將這十年間陸續發表的文章集結成這本書。謙虛的他取其筆名的寓意，將這本小書命名為「何其平凡」，獻給品味不凡的——您。

國家圖書館出版品預行編目資料

兩極紀實／位夢華著.－－初版二刷.－－臺北市；三民，民91

面；　公分－－(三民叢刊；176)

ISBN 957-14-2827-2　(平裝)

855　　87003396

網路書店位址　http://www.sanmin.com.tw

© 兩 極 紀 實

著作人　位夢華
發行人　劉振強
著作財產權人　三民書局股份有限公司
臺北市復興北路三八六號
發行所　三民書局股份有限公司
地址／臺北市復興北路三八六號
電話／二五〇〇六六〇〇
郵撥／〇〇〇九九九八──五號
印刷所　三民書局股份有限公司
門市部　復北店／臺北市復興北路三八六號
重南店／臺北市重慶南路一段六十一號
初版一刷　中華民國八十七年四月
初版二刷　中華民國九十一年一月
編　號　S 85425
基本定價　叁元貳角
行政院新聞局登記證局版臺業字第〇二〇〇號

ISBN　957-14-2827-2　(平裝)